17歳のサリーダ

実石沙枝子

講談社

contents

装画
ONOCO

装丁
アルビレオ

17歳のサリーダ

春

はぐれ者のサリーダ

世界はリズムであふれてる。

いってらっしゃい！　と微笑《ほほえ》む朝の情報番組のアナウンサー。宅配便のお兄さんは、いつも十時半過ぎにママが通販で頼んだ荷物を持ってくる。お昼の鐘は十二時ぴったりに鳴って、その少しあと、近所の小学校から昼休みのチャイムがかすかに聞こえてくる。

そういうすべてから、たった一人で取り残されている。もうずっと、ずっとずっと。

桜の枝のすきまからのぞく四月の日差しを見上げて、新菜《にいな》はどんよりとため息を吐《つ》いた。左手にはトイレットペーパー、右手にはエコバッグ。すれ違う、下校途中の小学生たちのカラフルなランドセルがまぶしくて目にしみる。

高校二年生になるものだと、去年の今頃は疑いもしなかった。

だけど新菜は一月の終わりに高校をやめた。

そうしてはじめて、一日の長さを思い知った。

やることがない。高卒認定試験は楽勝だし、大学受験だってまだ先の話。これといって趣味もないから、暇をつぶす方法を思いつかない。

マンションはもうすぐそこだ。ママに頼まれたお遣いだって二十分もあれば終わる。管理人さんは平日の真昼間に出かける新菜を不審がっているかもしれない。帰りたくない。

新菜は立ち止まった。トイレットペーパーの袋とエコバッグを持ち直して、マンションとは反対側に引き返す。家にいたってやることがないんだ、外にいた方が気がまぎれる。普段行かないところまで散歩に行こう。

――自分が何をしようとしているかわかってるの、畑村《はたむら》さん。

ふと、鼓膜にへばりついたきり剝がれない、チア部の顧問の声がよみがえった。

――高校をやめてどうなるっていうの。はぐれ者に居場所があるほど、世間はやさしくないよ。

そう言われたときはなんとも思わなかったけど、本当に、はぐれ者には居場所がなかった。バイトをしようと思っても、学校をやめた理由をうまく説明できないせいか、不採用が続いた。はぐれ者歴二ヵ月ちょっとで、すでに孤立がはじまっている。もうしばらく、ママとパパ以外の人と話していない。

今日だけで何度目かわからないため息を吐き出そうとして、足を止めた。

音楽が聞こえる。ギターの音だ。

クラシックギター？　いや、少し違う。イメージするより音色が明るい。自然と顔が上がる。

かすかに歌声が聞こえはじめる。日本語じゃない。英語でもない。異国的で、呪文みたいな言葉だ。

ギターの音と歌声の出どころを探して、また歩き出す。だんだんギターの音が近くなる。歌声がはっきりと聞こえてくる。がなるような癖のある声が、住宅街に響いている。

「ア〜イ、ガロティン」

歌詞がはっきりと聞こえた。近い。あの角のオレンジ色の建物だ。

新菜は信号のない横断歩道を素早く渡った。車一台分くらいの狭い駐車スペースの前には、キッチンさいばらと書かれた古い看板が置いてある。ずっとこのあたりに住んでいるけど、知らない店だ。看板の陰から、音楽のするほうをこっそりのぞき込む。

店の入口の前、くたびれた椅子に、コック服を着た男がギターを抱えて座っている。楽しくなってきたのか、ノリノリで歌っている。空気を刻むように歯切れのいいギターの音が風に乗って、そこだけどこか遠い国みたいな雰囲気だった。

「なんかしっくりこねえな」

楽しそうに歌っていたわりに納得いかない様子で、コック服の男が頭をかいた。気合を入れるように腕まくりをする。それを見ていた新菜はぎょっと目を疑った。

刺青《いれずみ》だ。蛇がのたうつような模様が、両手首をくるりと囲んでいる。不良なんだろうか。あらためてよく見ると、男は長くのばした黒髪をうなじでひとつに括《くく》っている。かなり危ない感じだ。

コック服の男は新菜に気付く様子もなく、またギターを弾き、歌う。

絶対に不良。だけど、コック服の男の歌やギターには迫力があった。炎が草原を焼いていくような熱い凄みある声が、午後の住宅街に響きわたる。

もうちょっと近くで聞いてみたい。

そう思って前のめりになると、うっかり膝がぶつかって古い看板がぐらりと傾いた。

まずい。なんとか体勢を立て直して看板を抱きとめる。セーフ、と思ったが、手からこぼれたトイレットペーパーとエコバッグが音を立てて地面に落ちた。

「だれだ」

ギターを肩に担いで、コック服の男が大股に近付いてくる。首を傾《かし》げ、あごを上げ、若干脅すような感じで見下ろされ、逃げたくなったが看板を抱えているので逃げられない。

「なにしてんの。フラメンコ、興味あんのか？」

「……フラメンコ？」

予想外の単語が出て来て思わず聞き返す。コック服の男はギターを体の前に持ってくると、指の背で表面を叩いた。軽やかかな音がする。

「これはフラメンコギター。さっき歌ってたのはガロティン」

「ガ、ガロティン?」

「ここの近くのスタジオの生徒が来年の発表会で踊るんだ」

「そ、そうなんですか……」

新菜とコック服の男のあいだに、微妙な沈黙が流れる。知らん顔をして帰るには、視線から感じる圧迫感が強い。新菜の背中を冷や汗が伝う。

「――ちょっとジョージ、なにやってんの」

にらみ合いが続いてしばらく、意識の外から声がかかった。見ると、路肩に止まった白い軽バンの運転席から青年が顔を出している。コック服の男は青年を見て、新菜を見て、また青年を見た。

「なんかこいつ、フラメンコに興味ありそうだったから」

「そう言うわりには、表情が怯《おび》え切ってるよ、その子。――そこどいて、車停められない」

青年に言われて、ジョージと呼ばれたコック服の男は駐車スペースの外に移動した。新菜はどさくさに紛れて逃げようと考えたが、まだ看板を抱えたままだ。そもそも男の立ち位置のせいで動線がふさがれている。

「学校は?」

看板を立て直しながらジョージは尋ねた。黙って目を逸らす新菜に「サボり?」と質問を続ける。

「……そんなとこ、です」

怒られるだろうか。嘘だけど。そう思って上目にジョージの様子をうかがう。ジョージはなにか言いたげに、黒々した目で新菜を見ている。ジョージ、と呼ばれているし目鼻立ちもはっきりしているけど、見たところ日本人だ。背が高いわけでもないのに、不良っぽい雰囲気のせいか妙に押し出しが強い。威圧感があるとも言える。

「ジョージ、怖がられてるよ。話しかけるならもっとフレンドリーに」

軽バンから重そうな荷物を下ろして台車に載せ、青年が笑った。「充分フレンドリーだろ」振り向いて青年に言い返し、ジョージはまた新菜に視線を向ける。

「フラメンコに興味があるなら、CD貸してやる」

それだけ言って、ジョージは踵をずるずる引きずって歩きながら店に戻っていく。無視して退散しようと考えた途端、振りむいたジョージが「ほら」とあごをしゃくった。

どうしよう。数秒考えて、新菜はええいと足を踏み出した。

謎の音楽に、あやしい料理人。

なんだか、暇が潰れる予感がする。

*

キッチンさいばらの店内には、飴色のテーブルと椅子が行儀よく並んでいた。テーブルにはメニューと、店の名前が入った紙ナプキンとタバスコ、食卓塩、爪楊枝が置いてある。ジョージのあやしさとは対照的に、家庭的で親しみやすい雰囲気だ。

一番奥のテーブル席では、六十歳過ぎくらいに見えるコック服のおじさんが新聞を読んでいた。「マスター、調子どう?」青年に聞かれ、曖昧な唸《うな》り声を返している。どうやら今は中休みらしい。

「僕は三丁目にある酒屋の坂田《さかた》です。ここは取引先で、ジョージは昔からの友達なんだ」

店の奥に荷物を運んで戻ってきた酒屋の青年はにこやかに微笑みかけた。

「畑村新菜です」

新菜も名乗って会釈をする。

「新菜ちゃん、ジョージのこと怖いでしょ」

気のよさそうな顔で笑いながら酒屋の青年は言った。図星を突かれた新菜は黙って目を逸らす。

「わかるよ、あのロン毛とタトゥーのせいで柄悪く見えるよね。せめて髪は切ればいいのに」

「切らねえよ。ファッションだ、ファッション」

店の奥からトレンチを持ったジョージが出てくる。「げ、地獄耳」嫌そうな顔をした酒屋の青年が肩をすくめる。

「これ、平日ランチデザート。金曜なのに余ったんだ。時間あるなら食ってけ」

ジョージはテーブルに水が入ったグラスと小さなグラタン皿のような器に入ったデザートを置いた。ラッキー、と酒屋の青年が席に着く。迷いつつ、新菜もそうした。デザートは表面のカラメルが炙《あぶ》られている。

「焦がしプリン？」

「違う。クレマ・カタラーナ。スペイン風のクレームブリュレってとこかな」

答えたジョージは隣のテーブルから椅子を持ってきて座ると、スプーンでクレマ・カタラーナの表面を軽く叩いた。パリ、とカラメルが割れる。

「おいしいんだよ、これ」

自分が作ったみたいに得意げに言うと、酒屋の青年もスプーンでカラメルを割った。とろとろのカスタードをすくって一口食べ「やっぱりうまいよね」と幸せそうにうなずく。

新菜も、スプーンでカラメルの表面を割ってみた。思ったよりも軽い力で割れたカラメルのすきまから、とろりとカスタードがあふれる。一口食べると、ひんやりとなめらかなカスタードの甘さが舌の上に広がった。パリパリのカラメルのほろ苦さも絶妙だ。

「……おいしい」

「だろ？　俺、天才だからな」

ジョージが得意顔をして鼻で笑う。

「そういえば、名前……」

「新菜ちゃんだって」

「新菜、本当は学校サボったんじゃないだろ」

途端に、新菜の中でクレマ・カタラーナの幸せな甘さに陰りが落ちた。休みなく動いていたスプーンが止まる。

「もしかして不登校？」

「……オッサンには関係ない」

情けなく思うほど消え入りそうな声で新菜は言った。テーブルが沈黙する。

「オッ……サン⁉」

信じられない、という顔をしてジョージが繰り返した。

「おいガキ、俺のことオッサンって言った？」

「その子からすりゃあオッサンだろ」

新聞を読んでいたおじさんが、奥のテーブルからボソッと言う。

「……ったく。二十八歳をオッサン呼ばわりしてると、十年後に後悔するぞ」

意外と若いんだ。三十代半ばくらいかと思ってた。

それからクレマ・カタラーナを食べ終わると、酒屋の青年はまだ配達があると言って立ち上がった。新菜もそれに倣《なら》う。

「ごちそうさまでした。おいしかったです」

「ちょっと待て、CD貸してやるって言っただろ」

頭を下げた新菜に、店の奥に引き返しながらジョージは言った。ステレオの横のラックを漁《あさ》り、CDを一枚抜き取った。「ほい」とフリスビーのようにCDを投げてくる。

慌ててキャッチしたCDのジャケットには、赤い衣装を着た女の人が踊っている絵が使われていた。タイトルは、

『フラメンコ・フォー・ビギナーズ』？」

「タイトルの通り初心者向けだ。雰囲気を楽しむにはちょうどいいと思う」

「ありがとうございます……」

興味なんてないけど断るのも失礼に思えて、CDをエコバッグに入れた。

「そうだ」

帰ろうとしたところを呼び止められる。

「次の月曜の昼、時間があるようならまたここに来い。おもしろい人を紹介してやるよ。ついでに新作パエリアも食わせてやる。うまいぞぉ、俺が作るパエリアは」

「え、ちょっと」

「サボりだか不登校だか知らないけどな、一人でジメジメしてると身も心もカビるぞ。CDはそんときにでも返してくれたらいいから」

ジョージは一方的にそう言って、トレンチを持つと踵《きびす》を返し店の奥に消えた。

＊

「ただいま。新菜、手紙届いてるよ」

ママが帰ってくるのはだいたい十九時。これも新菜の周りのリズムのひとつだ。朝出かけたときよりもだいぶよれよれしたママは、買い物袋をキッチンの入口に置いて、はい、と封筒を差し出した。

ミリちゃんからかな。

ソファから立ち上がった新菜は封筒を受け取った。淡いピンクの桜模様の封筒に書かれた宛名は、畑村新菜さま、とある。

その文字を見て、あ、違う、と気付いた。そっと封筒を裏返すと、差出人は早川英美里《はやかわえみり》ではなく、早川晴子《はるこ》――ミリちゃんのママだった。

少しがっかりした気持ちで、新菜は自分の部屋に入った。

調子がいいときや気が向いたときに返事をくれたらそれでいい。そう思って冬の終わりにミリちゃんへ手紙を出した。授業中にこっそり回す以外の手紙を書くなんて、いつぶりだろうと思った。かわいい切手、素敵なレターセット、九百キロ以上も離れた土地の住所。その全部がさびしかった。

学習椅子に座って、ハサミで丁寧に封筒を開ける。レターセットと貼ってあるシールはミリちゃんが選んでくれたんだと、センスでわかった。

便箋には、ミリちゃんママからの返事が書いてある。

〈新菜ちゃん
お手紙ありがとう。英美里、とてもよろこんで読んでいました。離れてからも、英美里のお友達でいてくれてありがとう。お返事を自分で書きたがっていたんだけど、症状が安定しなくて。代わりにおばさんが書くね。ごめんね――〉

そうやって書き出された手紙には、ミリちゃんの近況が記されている。

福岡に引っ越してから半年が経つ今も、手洗いがやめられないこと。単位制高校に入ったけどほとんど通えず、通信制高校に転入しようと検討していること。出かける機会もどんどん減っていて、調子がいいときは新菜がすすめた漫画を読んでいることが多いこと。

ミリちゃんママは、決して明るくはないミリちゃんの現状をありのままに綴《つづ》っていた。

〈英美里はいつも、あのとき新菜ちゃんがそばにいてくれてよかったと言っています。本当に

ありがとう。新菜ちゃん、英美里のぶんも学校生活楽しんでね〉

そうやって手紙を締めくくる言葉が、新菜の心にずっしりと圧《お》し掛かる。

英美里のぶんも学校生活楽しんでね。

その言葉に、わたしも学校をやめたんだと返したら、ミリちゃんやミリちゃんママはどう思うだろう。

「パパは今日も遅いんだって。夕飯、肉野菜炒めと昨日の煮物の残りでいい？」

ドアの向こうからママが声をかける。うん、と返事をしながら、新菜は手紙を封筒にしまい、部屋を出た。

「ミリちゃん、どうだって？」

キッチンからママが尋ねる。「あんまり調子よくないみたい」と答えると、ママは少し肩を落とした。

「早く元気になるといいね」

「うん」

「そういえば、前に通っていたバレエ教室、経験者向けのカルチャークラスがあるんだって。ためしに問い合わせしてみない？」

「いい。めんどくさい」

「見学だけでも行ってみようよ。せっかくずっと踊っていたんだから。体がなまったらもったいないよ。新菜、踊るの好きでしょう？」

「べつに好きじゃないし……」

幼稚園から小学四年生までバレエを、中学に入ってからは部活でチアをやっていたから、音楽にあわせて体を動かすのはたしかに好きだ。だけど、本当は踊ること以上に、きらびやかな衣装を着られることとか、華やかな友達との交流とか、言ってみればちょっとした優越感を得られるところが好きだったんだと、今は思う。

とくにチア部に入ってからはそうだ。チア部には入部テストがあって、学校内ではとびきりの花形だった。部の規則であるおでこ全開のポニーテールを結っているのも、選抜の特別なユニフォームをもらえるのもステータス。踊りがうまくなりたいから練習を頑張ったんじゃない。花形集団の中の、さらに花形でいるために頑張っていたのだ。

「それよりママ」

ソファに座って新菜は言った。

「キッチンさいばらってわかる？」

「一度、小学校のママ友と行ったかな。洋食レストランだよね」

「今日、そこでデザート食べさせてもらった。あと、なんかＣＤ借りた。フラメンコの」

「え、だれに？」

ママがキッチンから身を乗りだす。

新菜は、順を追って今日のできごとを話した。ママは不思議そうな顔をして話を聞いていたけど、三丁目の酒屋が出てきたところで「ああ、論《ろん》くん」と表情を変えた。

「論くん？　知り合いなの？」

「坂田酒店の三代目でしょう？　ママ、たまにあそこでワインを買うの。論くん、明るくて感じがいいし、おすすめしてくれるワインは安いのにどれもおいしいし、いい子だよ。キッチンさいばらのお兄さんって、論くんの友達？」

「そうらしいよ。仲よさそうだった」

「デザート、なにをご馳走になったの？」

「スペイン風のクレームブリュレ。クレマ……なんだったかな。おいしかったよ」

「いいなあ。得しちゃったじゃない」

「月曜日の昼にまた来いって言われた。おもしろい人を紹介してやるって。あと、パエリア作ってくれるみたい。行ってもいいと思う？」

「昼間だし、行くだけ行ってみれば？　嫌な感じがしたら帰ればいいんだから。CDだって、借りたら返さなくちゃいけないじゃない。それにしても、フラメンコのCDなんてめずらしいものを借りたね。――お皿、並べといてくれる？」

ママはお気楽な調子だ。ジョージが長髪の刺青男だと知っても同じことを言うだろうか。

「学校やめたこと、ミリちゃんに言った？」

食器棚を開けた新菜にママが尋ねた。

「……まだ言ってない」

憧れだった制服、チア部のジャージとユニフォーム、通学用のローファー、サブバッグ、文化祭のクラスTシャツ。学校にまつわる捨てられるものは全部捨てた。未練なんてないし、後悔もしていない。それなのに、ミリちゃんには自分の選択を言えずにいる。

「次の手紙では、学校やめたことも書きなさいよ」

「……うん」

「ずるずる先延ばしにすると、どんどん言いにくくなっちゃうんだからね」

菜箸を動かしながら、ママが釘をさす。

もうたっぷり言いにくくなってる。そう思ったけど言葉にする元気が出なくて、新菜は唸り声まじりのため息を漏らした。

*

たくさん迷ったけど、やっぱりCDを返さなくちゃいけない。月曜日、新菜はキッチンさいばらにやってきた。入口のガラス戸には定休日の札がかかっている。

「あなたが新菜ちゃん？」

　背後から艶やかな声がかかって振り返る。すると「こんにちは」とひらひら手を振りながら、マスタードイエローに紫のユリ柄のブラウスを着た背の高い女の人が歩み寄ってきた。

「入りましょ。新作パエリア楽しみね。ジョージくん、かなり気合を入れてたから、きっとおいしいわよ」

　彼女はガラス戸を慣れた様子で開ける。

「ジョージくーん！　来たわよー！」

　店の奥に大声で呼びかけると、彼女はテーブルセッティングされた席についた。厨房の方からなにか返事が聞こえるけど、調理の音に紛れて言葉まではわからない。新菜も少し迷ってから席に着いた。

　正面からあらためて見た彼女は、とてもきれいな人だった。四十代半ばくらいに見えるけど、姿勢がよくて若々しくて、おばさんぽさが少しもない。びっくりするくらい派手なブラウスも、不思議と似合う。たっぷりした黒髪を結わえる姿は、なんだか映画のワンシーンみたいだ。

　女の人は「そうだ」と呟《つぶや》いて新菜を見た。

「先に言っとくけど、わたし、ジョージくんの恋人じゃないからね。彼、わりとかっこいいとは思うけど、好みじゃないのよ」

「玲子《れいこ》先生、聞こえてる」

店の奥からサラダの大皿と、水のグラスを載せたトレンチを持ったジョージが出てくる。

「べつにわたしの好みじゃなくても気にしないでしょ？」

「そこじゃなくて、わりとかっこいいっていうとこ」

「褒めてるじゃない」

「褒めるならかっこいいって言いきってよ」

サラダと水をテーブルに置いたジョージは、棚から取り皿を持ってくると席に着いた。

「これ何サラダ？」

「余った野菜をキューピーの和風ドレッシングで和《あ》えただけ」

「洋食屋のプライドある？」

「このドレッシングうまいじゃん。新菜、食べられないものありそうか？」

「……ない」

新菜が答えると、ジョージはサラダを取り皿にきっちり三等分にして取り分けた。ドレッシングは新菜のうちと同じだし、野菜は余りものらしいけど、下処理がうまいのか家で食べるサラダよりおいしい。

「CDどうだった？」

サラダを食べながらジョージが尋ねる。「聞いたことない雰囲気でよくわかんなかった」と新菜が答えると「正直でよろしい」と鼻で笑われた。

「ジョージくん、なんのCD貸したの？」

「『フラメンコ・フォー・ビギナーズ』。俺が店先でガロティン歌ってたら、興味ありげな顔で見てたからさ」

ジョージの言葉で玲子先生の表情が輝きを増した。ハンターの目をした玲子先生は、ぐいぐいと前のめりになる。

「フラメンコに興味があるなんて、いいセンスしてるわ。楽しいわよ、フラメンコ。衣装は素敵だし、音楽は情熱的だし！　わたしとジョージくんもフラメンコ仲間なの」

玲子先生は箸を置くと、バッグをごそごそ漁って上品なベージュのケースを取り出した。

「申し遅れました。フラメンコ舞踊家の有田《ありた》玲子です」

差し出された名刺をおそるおそる受け取る。黒地に白の水玉があしらわれた、ショップカードみたいにおしゃれな名刺だ。肩書は舞踊家のほかに、スタジオ・カメリア講師、とあった。

「フラメンコのダンサーで先生ってことですか？」

「そういうこと。普段はこの近くのスタジオで教えてるの。ジョージくんも、そこで歌とギターの手伝いをしてるのよ。初心者大歓迎のスタジオだから、もしよかったら新菜ちゃんも一緒に――」

「出会って三分で勧誘すんなよ。相変わらずがっついてるな、玲子先生は。――あ、パエリアできたっぽい」

店の奥からかすかに響くキッチンタイマーの音を聞きつけ、ジョージが空になったサラダの大皿を持って立ち上がる。

「ジョージくん、ハンサムでしょ。しかもあの通り悪そうな雰囲気で、料理ができて、意外とマメだし性格もなかなかいい。うちのスタジオ、ジョージくん目当ての若い子が何人もいるわ。気持ちはわかる。だけどね」

大袈裟なくらいこそこそしながら玲子先生が言った。

「ジョージくんには惚れないほうがいいからね」

あんな年上に惚れないけどな、と思ったけど、玲子先生がやけに真剣な調子なので黙ってうなずいた。パエリアの鍋を持ったジョージが、いいにおいと一緒に戻ってくる。

「お待たせしました」

ジョージはパエリア鍋をテーブルの中央に置いた。サーバーを手に持って、パエリアのふちを削りはじめる。色とりどりの野菜と桜えびが載ったピンク色のパエリアは、ほかほかと湯気がたっておいしそうだ。嗅ぎなれないスパイスの香りが強く漂ってくる。

「キッチンさいばら春季限定メニュー、静岡県産桜えびのカラフルパエリア。初お披露目です」

「かわいい。名前の通りカラフルだし、インスタ映えしそう」

玲子先生がスマホを構えた。「インスタ映えってもう死語でしょ」ジョージは玲子先生が写真を撮り終えるのを待ってから、新しい皿にパエリアを取り分ける。

はじめて食べるパエリアは、お米がしっとりして、一口食べるとスパイスのいい香りが鼻に抜けた。桜えびのピンク色は見た目も春らしくて華やかだ。具材のパプリカは正直苦手だから遠慮したかったけど、しっかり味がしみこんでいるし、スパイスが効いているおかげで意外と食べられた。

「おいしい。止まらない炭水化物ね。さらに脂質。太るわぁ」

「玲子先生、パエリアのカロリーってそこまで高くないよ。どっちかというと、間食を気にしたほうがいいんじゃない？」

「あなたほんとに女心がわからない人よね。でも、これだけおいしければ、人気メニュー間違いなしよ」

「今の、うちの親父にそっくりそのまま言ってやって」

「女心のとこ？」

「まさか、人気メニューのとこ」

ジョージと玲子先生は賑やかに話している。大人もこんなに仲良く喋りながらごはんを食べるんだ。新菜はちょっと感心した。

「そういえば新菜ちゃん、学校は？　ジョージくんからチラッと聞いたけど、近頃は行けてないの？」

パエリアが半分ほどまで減ったところで、玲子先生が尋ねた。思わず背中がぎくりと固まる。新菜はパエリアを食べる手を止めた。

「学校は……行けてないというか……」

言いかけて、口ごもる。だけど、言いかけてしまったら全部言わないと引っ込みがつかなくて、

「……やめました」

と小さく答えた。

ジョージと玲子先生がさりげなくアイコンタクトを送り合う。

「話したくなかったら言わなくていいけど、なにかあった？」

やさしく微笑みながら玲子先生が首をかしげる。パエリアを食べながら、ジョージが言っちゃえよ、という風にあごをしゃくる。新菜は言うか言わないかちょっと悩んで、結局おそるおそる口を開いた。

「タカジョ……高城《たかじょう》女学院に通っていたんですけど、少子化で生徒が減ってるとかで、最近高等部からの募集がはじまったんです。わたしが高等部に上がるときに……意地の悪い子が入ってきちゃって」

ジョージも玲子先生も黙って新菜の話を聞いている。それに、不思議と勇気づけられた。

「親友がいじめられたんです」

田代樹梨《たしろじゅり》。噂によると彼女は、中学受験でタカジョに落ちたらしかった。高校進学のときに再受験し、念願のタカジョに入った樹梨がまっさきにやったことは、自分を頂点にした序列作りだった。

高城女学院は、県内でも上位の進学校である一方、お嬢様学校としても知られる、どこかおっとりした校風の中高一貫校だ。まじめな子が多くて比較的みんなの仲がよく、新菜が知る限りでは平和な学校だった。

そこに、いきなりスクールカーストが作られた。

中等部のころからチア部に所属していて、中三のときにはセンターも務めた新菜はトップ階級——樹梨の取り巻きというポジションを与えられた。イラストが得意な、メガネをかけた大人しい美術部員のミリちゃんは、最下層になった。樹梨は最下層の子たちをいびりはじめた。

そして、抵抗の声を上げたミリちゃんが、瞬く間にいじめのターゲットになった。

すると、今までいい子のふりをしていた本当は性格が悪い子と、樹梨の次のターゲットになりたくない子が、樹梨に加担しはじめる。新菜は何人もの友達の裏切りを目《ま》の当たりにした。

それと同時に、ミリちゃんの居場所がどんどんなくなっていった。

——ニナちゃん、わたしと一緒にいないほうがいいよ。

ミリちゃんは何度もそう言った。それはきっと正しい忠告だったけど、新菜はミリちゃんと二人でお弁当を食べるのをやめなかったし、樹梨に反抗し続けた。親友を見捨てるなんて、どうしてもできなかった。

ミリちゃんいじめは一学期のあいだ、少しも収まる気配を見せなかった。結局ミリちゃんは、夏休み明けからぱたりと学校に来られなくなり、あっという間にお父さんが単身赴任をしている福岡に引っ越した。

それからしばらく経ったある日の放課後、新菜のローファーがなくなった。ごみ箱から見つかったローファーには、使用済みの生理用品が詰め込まれていた。

新菜いじめの開幕だった。樹梨はチア部員でもあったから、嫌がらせや仲間外れは部活にまで及んだ。ミリちゃんの居場所が失われていくよりもずっと速いスピードで、新菜の居場所がなくなりはじめた。

我慢した。我慢した。抵抗しても無駄なことは、ミリちゃんをそばで見ていたからよくわかっていた。だけど新菜は、ミリちゃんみたいに大人しくはなかった。

年が明けた三学期のはじめの中休み。新菜は樹梨相手に教室でキレて、椅子を振り回し机を次々なぎ倒して抗議した。プリントを踏み足を滑らせて転んだ新菜は、机の角でこめかみを切った。騒動はたちまち流血沙汰になって、クラスメイトの悲鳴があがって、何人もの先生が駆けつけた。樹梨は先生たちに詰め寄られたけど、図太く知らんふりを決め込んだ。「畑村さんが突然暴れたんです。すごく怖かった」なんて言って嘘泣きをした。クラスのみんなは樹梨が怖いから、一部始終を見ていた子たちですら、本当のことを密告してはくれなかった。

その日の放課後、担任は新菜と呼び出されたママに向かって「このクラスにトラブルがあることは以前から把握していました」と宣《のたま》った。それを聞いて、新菜を学校につなぎとめていた糸が音もなく切れた。

いじめがあるとわかっていて、ミリちゃんが苦しんでいるとわかっていて、先生たちはなにもしなかった。ミリちゃんの心が容赦なく削られていくのを、黙って見ていた。担任は生徒たちの問題解決能力に期待したのだと言ったけど、新菜にはその場しのぎの言い訳にしか聞こえなかった。

その日の帰り道、新菜は高校をやめるとママに宣言した。同じように学校に対して不信感を抱いていたのだろう、ママも強くは止めなかった。ただ、退学の手続きをするまでに、学校の先生たちは必死に新菜を引き留めた。それまでなにもしなかったくせに。なかでもチア部顧問の島原《しまばら》先生は強く止めた。「はぐれ者に居場所があるほど、世間はやさしくないよ」と言って。

「それ、おまえがはぐれたんじゃないだろ」

黙って話を聞いていたジョージが口をはさんだ。

「みんなが群れただけだろ」

新菜は下唇をぐっと噛んだ。目のふちが熱かった。奥歯と眉間《みけん》に力を込めた。そうでもしないと泣きそうだった。

「新菜ちゃん立派よ。っていうか、その樹梨って子、最低ね。将来が思いやられるわ。信じられない」

玲子先生が憤《いきどお》った声で言う。

「いじめの加害者なんて、総じてクソかつクズだよ。よし、待ってろ、特別にクレマ・カタラーナも作ってやる」

ジョージは勢いよく立ち上がり、店の奥に消えた。玲子先生が少し身を乗り出す。

「ねえ新菜ちゃん、あなたはほんとに立派なことしたわよ。胸を張りなさい。あと、顧問が言ったことは大外れだから。気にしなくていいからね」

「だけど、わたしの居場所、どんどんなくなってます。友達はミリちゃん以外いなくなったし、最近は親としか喋ってないし……」

「あのねえ、ほんのちょーっと普通から外れただけで居場所がなくなるなら、わたしもジョージくんもとっくに路頭に迷ってるわよ」

玲子先生はまたバッグを漁る。

「世界はこんなに広いんだから、居場所なんていくらでもあるの。ないと感じるのは、新菜ちゃんがまだほかの世界を知らないせいよ。——ねえ、チア部だったならダンスは嫌いじゃないでしょう？　さっきも言ったけど、もしよかったらわたしと一緒に踊らない？」

バッグからチラシを取り出すと、玲子先生は新菜に差し出した。ベージュのチラシが、バラの花のイラストで飾られている。中央に書かれた言葉は、

「フラメンコ……」

新菜の頭に、ぼんやりとフラメンコのイメージが描かれる。赤いドレスを着た、体格のいいスペイン人の女の人が、ハイヒールをバタバタ踏み鳴らして踊る。自分とは縁遠い、強烈でちょっと怖い踊りというイメージだ。ジョージから借りたＣＤだって、聞いたところでいいのか悪いのかもわからなかった。「さっきのは挨拶、今度は本気の勧誘」そう言って玲子先生はにっこり笑う。

「学校をやめたなら時間はたくさんあるだろうし、楽しいこともしなくっちゃ。退屈は心を殺すわ。それに、わたしは二十五年以上もフラメンコをやっていろいろな人を見てきたけど、新菜ちゃんは踊る理由がある人のような気がする」

「踊る理由、ですか」

「踊る理由がある人は、それだけで一歩リードしてるのよ。なによりきっと、踊れば顧問の言葉が大間違いだってわかるわ」

玲子先生は言葉を区切ると、人差し指をぴんと立てた。ピンク色のネイルがきらめく。

「フラメンコは、はぐれ者の文化なんだから」

＊

「この近くのスタジオ・カメリアで、今夜七時からわたしが担当しているクラスがあるの。よかったら見学にいらっしゃい」

キッチンさいばらで別れ際に、玲子先生はそう言った。

帰宅した新菜は、学習机に両肘をついて考えてみる。

フラメンコ。縁もゆかりもない遠い国の強烈な踊りに思えるけど、もらったチラシはかわいくて親しみやすい雰囲気だ。「初心者歓迎」「エクササイズにも！」と書いてあって、気軽そうな感じがする。

なにより、――踊る理由。

そんなもの新菜にはわからない。だけどもし、それが本当にあるなら、この孤独な毎日がちょっと変わるのかもしれない。

「あ、そうだ」

スマホに手を伸ばす。玲子先生の名前で検索すれば、なにかヒットするかもしれない。

ユーチューブの検索窓に「有田玲子　フラメンコ」と入れてみる。一番上に表示された「新人公演奨励賞／有田玲子　シギリージャ」という動画をタップする。シギリージャってなんだろう。曲名だろうか。

古い動画なのか、画質はよくない。玲子先生であるらしい女性は光沢のある紫色のドレスを着て、フリンジがついた緑色のショールを羽織っている。思ったよりもシンプルでシックな衣装だ。ステージの奥には、ギターを抱えた人が二人、手ぶらの人が二人、椅子に座っている。全員男の人だ。

動画がはじまる。それと同時に、ステージの奥でひげを生やした一人がアーイアーイと雄叫《おたけ》びを上げた。驚いて少し音量を下げる。雄叫びは、なにかを訴えるような切実さだ。この人はたぶん歌手なのだろう。だけど歌にしては、その声は叫びに近いように思う。それに合わせて、玲子先生が踊りはじめる。

ぐっと腰を落として、しなやかに、それでいて重々しく、力強く玲子先生は踊る。雄叫びを上げた歌手と同じような――あるいはそれ以上の切実さで、失われていくなにかに追い縋《すが》るように。

雄叫びがやむ。それを待っていたとばかりに、玲子先生がステップを踏み鳴らす。木槌が釘を打つような凜と冴えた音がする。ステージの奥のギタリストたちがギターを鳴らし、残る一人が急《せ》き立てるみたいに手拍子を打つ。

荒々しい踊りだ。ステップのテンポが階段を駆け上るように速くなる。片手でスカートのすそを摑み、もう片方の腕を挑むように広げた玲子先生が、キッチンさいばらで見た笑顔からは想像もつかない苦悶の表情で、ステージの前へ前へと迫ってくる。スマホを握った右手から、言葉で表せないほど生々しい感情が、伝わってくる。

これは怒りの踊りなのか。いや、少し違う気がする。苦悶とか、悲しみとか、いろんな感情が混ざりあって、全部がぐちゃぐちゃのまま、暴力的に襲い掛かってくる。

ギターの音色が鮮やかに鳴り響く。歌に力がこもる。それを、ステージの真ん中にいる玲子先生の全身がもっともっとと呼んでいる。

どろどろになるまで煮詰められた感情が、ステージの真ん中、玲子先生に集まってくる。玲子先生はそれを全身にあますことなく絡めて踊り続ける。ときにゆったりと、ときに激しく、あやしい魔物みたいに蠢《うごめ》くスカートの裾も、ショールのフリンジも、きっとすべて、玲子先生の意のままに動いている。ひらりと宙をかく指先は、花が散るように儚《はかな》かった。

ギターの音が、歌が、手拍子が、玲子先生の踊りが、どんどん熱を帯びていく。テンポが上がる。それと一緒に速度を増し複雑になっていくステップが、足掻きもがいて苦しみの出口を探している。そのすべてが最高潮に達したと思ったとき、玲子先生が最後のポーズを取った。

ステージの奥から、思わずというように「オレ！」と声がかかる。

目に見えないなにかが怒濤《どとう》の勢いで迫りくるステージを終えてお辞儀をした玲子先生は、動画の画質が悪くても、晴れ晴れとした表情をしていることがわかった。

心臓から体中をたどって、指の先まで勢いよくめぐる血液の躍動を、皮膚の下で感じる。こんな風に踊れたら。こうやって、なにもかもを投げつけられたら、絶対に気持ちがいい。

これが、フラメンコ。

キッチンさいばらで一緒にパエリアを食べた、朗らかでやさしい玲子先生がこんなに苦しそうな踊りをすることも衝撃だったけど、それとは別の感動が、たしかにあった。

ギターの音と、叫ぶような歌声、そして玲子先生の踊り。それらすべてが、信頼しあって共鳴しあって、認めあっている。だから、感情が整理されずむき出しのまま、容赦なく襲い掛かって、それが迫力として新菜に伝わった。

思った通り強烈だし、ちょっと怖い。

だけど、全然それだけじゃない。

ユーチューブを閉じる。今度はブラウザで「フラメンコ」と検索をかけた。日本フラメンコ協会のサイトがヒットする。開いてみると、フラメンコはインドから来たロマ族、アラブ系民族、そしてもともと現地に住んでいたアンダルシア人の民族芸能が混ざり合って生まれた芸術であると紹介されていた。

ページを変えてどんどん調べていく。フラメンコはスペインではヒターノとも呼ばれる流浪の民、ロマ族の影響がとくに強いようだ。暖かい気候を求めてアンダルシア地方にやってきたロマは、文化の違いから迫害を受けた。定住を強いられもした。彼らの嘆きや悲しみを表現したものが、フラメンコの起源になっているらしい。玲子先生がはぐれ者の文化、と言った理由がわかった気がする。

新菜はスタジオ・カメリアの場所を地図アプリで調べた。自宅マンションから歩いて二十分ほどのところにあるらしい。

「……行ってみるか」

呟くと、胸の内側がそわそわした。

ひさしぶりになにかを楽しみに感じたのだと、遅れて気付いた。

*

スタジオ・カメリアは白い漆喰《しっくい》の外壁の洒落《しゃれ》た建物で、すぐに見つかった。オレンジ色の明かりが漏れる曇りガラスのドアに手をかけ、小さく深呼吸する。

「あの……、見学に来たんですけど……」

ドアを開けた新菜がおずおずと声をかけると、レッスン室にいた色とりどりのスカートを穿いた女性たちの視線が一気に向いた。大人ばかりだ。明らかにママより年上の人も何人かいる。見学に誘ってくれたのは社交辞令だったかもしれないと思って怖くなった。

「先生から聞いてるよ。新菜ちゃんだっけ？」

比較的若めの女性がにっこり笑って手招きする。新菜はほっと胸をなでおろした。

「玲子先生に勧誘されたんでしょ。玲子先生の踊り、見たことある？」

「えっと、あの、ユーチューブで新人公演っていう動画だけ見ました」

「シギリージャかぁ！」

生徒たちが口をそろえた。

「あのシギリージャかっこいいよね。それ見て来てみようと思ったの？」

「は、はい」

「見る目あるねぇ、新菜ちゃん。――こっちおいで。座っていいよ」

新菜はレッスン室に足を踏み入れた。一面が鏡張りになったレッスン室は広々していて、床が乾いた感じの木材でできていた。バレエのスタジオとも、チア部が使っていたダンス室とも全然違うと思いながら、用意された椅子に座る。

「新菜ちゃんいくつ？」

別の生徒が尋ねる。

「もうすぐ十七になります」

新菜の返事に生徒たちは「いいなー」とため息のように言った。

「十七歳くらいに戻りたいよね。で、その歳からフラメンコやりたい。そうだ、高校はどこ？」

緊張をほぐそうとしてくれているのだろうけど、新菜は自分の背筋がぴきっと固くなるのを感じた。うまく言い逃れる方法を思いつかない。

「高校は、あの、その……、えーっと……」

「もしかして中退した？」

口ごもる新菜を見てからりとした声で言ったのは、五十代くらいの女性だ。予想外の反応に、驚きながら小さくうなずく。

「うちの娘も高校中退したよ。たまにいるよね、そういう子」

「中村《なかむら》さんの娘さん、高校やめてたの？」

同年配の女性が驚いた声を出す。

「やめたねー、高二の夏に。もともと学校嫌いな子だったけど、突然アイドルになるとか言い出してね。結局アイドルにはならなかったけど、高卒認定取って、一年遅れで大学行って、この春から社会人」

「わー、人生サバイブしてるね」

「生きててサバイブしない人なんていないでしょ」

そうよねー、と年配の生徒を中心にサバイブ自慢がはじまった。離婚に病気に転職。みんな、誇らしげに乗り越えた過去を語っている。

「人生って順調なだけだと退屈だよ」

新菜の隣にやってきて中村さんが笑いかけた。

「今はたくさん不安なことがあるだろうけど、案外なんとかなるから。大丈夫」

「――みなさん集まってますか？　あら、新菜ちゃんようこそ。来てくれたのね」

二階から下りてきた玲子先生がスタジオに入ってくる。挨拶を返しながら生徒たちがそれとなく一列に並んだ。このクラスの生徒は全部で九人だ。改めて見ると年齢の幅が広いし、痩せている人も太っている人も、背が高い人も小柄な人もいる。

「今日は見学の新菜ちゃんがいます。張り切っていきましょう」

玲子先生が言うと、生徒たちは「ようこそ！」と拍手をした。

「今日はコルドベスが届いてるから、あとで配りますね。さあ、まずは準備運動から」

玲子先生は軽やかにターンして鏡に向き直った。

「今日も怪我なく、楽しく踊りましょう！」

ぱちんと手を叩く。生徒たちがお願いしますとお辞儀をする。

フラメンコのレッスンが、はじまる。


玲子先生が受け持つ月曜十九時からのクラスは中級者が対象で、生徒たちはだいたい四年以上のフラメンコ経験があるらしい。三十分間、おしゃべりをしながら柔軟体操をする途中で、玲子先生と生徒たちが口々に教えてくれた。柔軟も、体が硬い人から柔らかい人までさまざまで、玲子先生はオホホホホと笑いながら生徒たちの背中をちょっとずつ押し、負荷をかけて回った。大人が痛い痛いと騒ぎながら準備運動をする姿は、新菜にはちょっと奇妙でおもしろい光景だった。

「ういーっす」

柔軟が終わったタイミングで、レッスン室にジョージが入ってくる。ギターを担いだジョージは椅子を持ってきて座ると、簡単なチューニングをはじめた。

「ねえ、ジョージくんが新菜ちゃんをナンパしたんでしょ？」

スタジオの奥から冗談めかした声がかかる。それにジョージは呆れた顔をした。

「ガキをナンパするとか労力の無駄じゃん」

「ジョージくん、年上が好きなんだっけ？」

「熟女キラーって聞いたことあるけど」

「うわー、うるせー。セクハラだわー」

ジョージは慣れた様子で笑っている。

「それで玲子先生、ガロティンやる？」

「うーん、今日は新菜ちゃんがいるし、まずは発表会でやったソレポルを復習しようかと思ってるんだけど。みなさんどうですか？」

玲子先生に聞かれて、やりましょやりましょ、と答えながら、生徒たちが立ち位置を変える。玲子先生は鏡越しに新菜を見た。

「ソレポルっていうのは、ソレア・ポル・ブレリアの略で、フラメンコの曲種のひとつよ。テンポが速くてかっこいいの。三月の発表会で踊ったばかりだから――みなさん、しっかり覚えてますね？」

生徒たちの返事は少し曖昧だ。

「準備いいっすか？」

ギターを構えたジョージが尋ねる。生徒たちがばらけた返事をして、それぞれの立ち位置で最初のポーズを取った。重心は左足、右足を外側に少し引いて、右腕を体の前にそっと構える。この段階で、うまい人とそうでもない人の違いは明らかだ。

「お願いします」

玲子先生がジョージに合図を送る。

一呼吸おいて、刻み付けるようなギターの音が響いた。ジョージが歌う。九人の生徒が踊りだす。一度ゆっくりターンしてから立ち位置を変え、スカートをつまみ上げて腰に構えた。歌が途切れ、ステップがはじまる。

近くで足元がよく見えることで、足の爪先や踵を使い分けてステップを踏んでいることがわかった。ユーチューブで見た玲子先生の踊りと比べて簡単そうだし地味なステップだけど、楽器みたいに高らかな靴音が鳴って迫力がある。

再び歌が加わる。ジョージのひび割れた声が、燃えるように歌う。生徒たちがスカートを力強くさばく。ひるがえる色とりどりのスカートは、花が咲いていくみたいだ。生徒のレベルは素人の新菜が見てもわかるくらいに差がある。しかも、群舞なのに踊りが全然そろっていない。腕の角度も、ターンのタイミングも、姿勢の作り方も、チア部ならコーチが激怒すること間違いなしのずれっぷりだ。だけどだれもが、わたしを見てとでも言うように自信たっぷりで、気持ちがいい。

踊りに区切りがつく。玲子先生が「オレ！」と声をかける。

生徒たちの中央、一番踊りがうまい若めの女性が、右に構えていたスカートを左に移動させる。それに呼ばれて、ジョージが再びギターを弾きはじめる。リズミカルなステップがはじまって、だんだんテンポが上がっていく。

激しい振り付けを踊っているわけじゃない、だけど、ギターが、歌が、生徒たちの自信に満ちた一挙一動が、打楽器みたいな靴の音が、たしかに新菜の胸を熱くした。

踊る生徒たちはみんな活き活きしている。朗らかに笑っているわけじゃないのに、楽しくて仕方がないことが伝わってくる。ジョージのギターと歌声も、出だしよりずっと乗っている。玲子先生は、自分も踊りたくて仕方がないみたいだ。

歌の力強さが増す。ギターが激しく刻まれる。生徒たちがスタジオのすみにはけていく。

「オレ！　ビエン！」

歌とギターが終わると同時に、玲子先生が満足そうに拍手を送った。新菜も思わず拍手をした。頬を紅潮させた生徒たちが「結構よかったね」「よかったよね」とお互いを称え合う。

「これが、ソレア・ポル・ブレリア。スタジオ・カメリアでは毎年三月に発表会があるので、一年かけて一曲をしっかり練習していきます」

玲子先生がにっこり笑って新菜に言った。

新菜は夢中で拍手をつづけた。

ステージが終わっても、耳に、心に、音楽と靴音が響いている。

*

それから、玲子先生は中級クラスが次の発表会で踊るガロティンの説明をした。コルドベスという頭が平らなつば広の黒い帽子の持ち方を教え、ジョージの歌とギターに合わせて手本を見せる。さっきのソレア・ポル・ブレリアよりも軽やかな雰囲気の曲に合わせて踊る玲子先生は、お茶目でかわいい女の子みたいに見えた。ユーチューブで見た動画とは別人だ。生徒たちはコルドベスを持ったりかぶったり、和気あいあいと基礎を教わり、あっという間に二時間のレッスンが終わった。

「新菜ちゃん、フラメンコどうだった？」

レッスンのあと、玲子先生は相変わらずのにこにこ顔で尋ねた。新菜は二階に着替えにいく生徒たちを見て、それからギターを抱えたままのジョージを見た。

「踊ってみたい、けど……できますかね。なんていうか、大人ばっかりみたいだし」

「大人ばっかりっていうのは、気にしなくていいと思うわよ。このクラスは平均年齢が高めだけど、入門クラスには大学生の子もいるから」

口ぶりからして、中高生の生徒はいないようだ。少し気おくれする。

「ちょっと、親とも相談してみます」

「月謝がかかることだし、それもそうね。待ってて、パンフレットを持ってくるから」

玲子先生がレッスン室を出て行く。新菜もそれに続こうとした、そのときだ。

「おい」

ジョージが低く声をかけた。手招きされて、いぶかしみつつ引き返す。ジョージは軽い調子でギターを奏でた。歯切れのいい、明るい雰囲気の旋律だ。

「これが何拍子かわかるか？」

ギターを奏でたまま尋ねられ、新菜は指先でリズムを取りながらカウントをはじめた。

「えーっと……、さっきのソレポルってやつと同じかな。六……じゃない。三でもないな。

……もしかして十二？」

「十二だ。十二拍子っていう認識で――踊ってみろ」

「踊るってなにを？」

新菜が聞き返すと、ジョージは「なんでも」と無茶ぶりに無茶ぶりを重ねた。

「おまえさ、見学してたときからずっと体がリズム取ってるんだよ。踊ってみたいなら、とりあえずやってみろよ。新菜、なに踊れる？」

「チア。あと、小四までクラシックバレエをやってたけど……」

「ならいけるな。よし、好きなとこから入れ。下手くそでいい。細かいところは俺が合わせてやる」

ジョージのギターを聞いているうちに、体が勝手に音楽のカウントを取ろうとリズムを探りはじめる。

音楽は十二拍子。変則的で、ちょっと乗りにくい。

爪先だけでリズムを取っていたところに、指先が加わる。それが手首、肘、肩、腰と広がっていく。

いける。踊れる。

「¡Vamos allá!」

レッスン室の中央に踏み出した新菜に、ジョージが明るく掛け声を投げる。聞いたこともない言葉だけど、背中を押されたように思えた。腕と胸を開いて、その場でターンする。それでいい、とでも言うようにジョージのギターが弾むのと、次の動きを目指して体が動くのは同時だった。

異国調の歌が加わる。なにを歌っているかなんてわからないのに、目には見えない力で鼓舞されている気がする。体が一振り踊るたびに、内側から怒りや不満が発散されていく。踊りながらそう感じるのは、はじめてのことだった。

即興で踊りながら、リズムが手からこぼれて、収まってを繰り返す。だんだん、ジョージのギターが新菜の動きにはまっていく。調子を合わせてくれているのだ。少しずつ、踊りやすくなっていく。

テンポが上がる。

ギターの弦が震える音が、ジョージの声が強くなる。

新菜はステップを踏みながらレッスン室の角に移動した。途中で目が合ったジョージは、感心するような、おもしろがっているような、楽しそうな顔で歌っている。

名前もよく知らない相手なのに、不思議なくらい信頼できた。お互いのやりたいことを、音楽だけを頼りに理解している。

そんな直感を信じて、新菜は連続の高速ターンでレッスン室を横切った。全身で風を起こす。一回転するごとに、無駄なものが振り落とされる。

踊ってる。吐き出してる。今までにないくらい。

新菜は自然と口角が上がっていることに気付いた。

その発見ごと、音楽を封じ込めるように頭上で両手を握りしめて止まると、ぴたりと揃ったタイミングで、ギターと歌も止まった。

「¡Ole!」

ジョージの掛け声から一瞬遅れて、レッスン室の外から拍手が聞こえた。知らないうちに、中級クラスの生徒たちが見物していたらしい。

「新菜ちゃん!!」

だれよりも前のめりになって見ていた玲子先生が叫ぶ。

「あなたのことは、わたしが個人レッスンで面倒を見ます。月曜の十六時半から二時間、月謝はひとまず入門クラスと同じでいかがですかって、おうちの人に相談して。いつでもいいから名刺の電話番号に連絡ちょうだい！　ジョージくん、どうせ月曜は暇でしょ、あなたも時間空けといてね!!」

興奮している玲子先生に驚きつつ、新菜は小さくうなずいた。微笑みながら視線を交わした生徒たちが、また会おうねと手を振ってカメリアを出ていく。

「やるじゃん」

満足そうなジョージに言われて、新菜は「どうも」と軽く会釈をした。

「楽しかっただろ」

「……まあまあ」

「なんで不満そうなんだよ」

それを聞いて、てのひらの上で転がされた気分」

「いい転がり方だったんじゃないの？」

ジョージはおもしろがるように肩を揺すって笑った。

「褒められた気がしないいんだけど」

「でも、転がった結果、あの有田玲子の心を動かしたんだ。個人レッスンだぞ？　最高だろ」

ギターを片付け、手にクリームを塗りこめながらジョージがにやりと笑う。

「玲子先生って有名？」

「日本のフラメンコ界隈《かいわい》じゃかなりな。あの人目当てで県外から来る上級者もいるくらいだ。田舎で雇われ講師やってるなんてもったいない。自分の名前で都内にスタジオ出して、講演会もやれるレベルの人だよ」

「それってすごいの？」

「超すごい。しかも、俺のカンテとギター付きだ。ラッキーを噛みしめろよ。じゃあまたな」

立ち上がったジョージは玲子先生に挨拶をすると、さっさとスタジオから帰って行った。

ふと、鏡に映った自分を見る。頬が少し赤い。体中が、今までとは比較にならないくらいぽかぽかしている。それは地に足のついた熱さで、足の裏から頭のてっぺんまでエネルギーが高速で駆け巡るみたいだった。

体や心に溜め込まれて燻《くすぶ》っていたものが、全部出ていった。そのせいか、本当に感じるべき自分の輪郭が鮮明だった。

手にしているもの全部、むき出しで音楽に乗る。

これだ。

たしかめるように両手を握りしめる。

生まれてはじめて、本当の意味で踊った気がした。

＊

カメリアのことを話したら、ママは「いいじゃん、やりなよ」と背中を押してくれた。玲子先生とも連絡を取り、レッスンを受ける準備がどんどん整っていく。新菜はさっそく玲子先生と一緒にフラメンコ用品を買いに行くことになった。どういうわけか、ジョージも付いてくるらしい。新菜は午後出社のママと一緒に、ジョージと駅前で待ち合わせをした。玲子先生とは電車内で合流する予定だ。カメリアに見学に行ってからまだ一週間しか経っていないと思うと、すべてが勢いよく進み過ぎて驚くほどだ。

「今日は娘がお世話になります。すみません、お忙しいでしょう」

ママが声をかけると、ジョージは「いやいや」と手を振った。

「うち、月曜定休なんで今日は暇なんすよ。家にいると親父と喧嘩しちゃうし」

三人で改札を抜ける。少し混雑した電車に乗り込むと、ママがジョージに論くんの話を振った。聞けば、ジョージと論くんは小学校から高校までの同級生だったらしい。

「腐れ縁ですよ。高校を出てから八年くらいは連絡取ってませんでしたけど」

つり革に摑まったジョージが言う。シャツからのぞく手首にはリストバンドがまかれて、刺青が隠れていた。一応気を遣っているらしい。

「八年って結構長いですね」

「俺、ずっとスペインにいたんです」

ジョージが答えると、ママが「ああ、それでフラメンコを」と納得した様子でうなずいた。

「大学二年の夏休みに恋人に振られたヤケで旅行して、そのまま一昨年まで居座りました。六年くらい住んだのかな」

「へえすごい。スペイン、魅力的だったんでしょうね」

「そうですね。いい男が多いし」

「たしかにハンサムが多そう……って、え？」

ママが困惑気味に聞き返す。二人の会話をぼんやりとしか聞いていなかった新菜も、驚いて

ジョージを見た。ジョージはらしくもなく爽やかに微笑んで、

「そういうことです」

ときっぱり答える。

そういうこと……。新菜は考えて、数秒遅れて理解して、思わずジョージを二度見した。

ジョージはやけににこにこしながら、スペインの思い出を語る。

「旅行中にふらっと入ったタブラオ——フラメンコを見られるレストランみたいなところなんですけど、そこで踊ってたマルティンがそりゃもう好みで。なんていうか、色気が桁違いなんですよ。勢いで大学やめて、無理を言ってそのタブラオで雇ってもらって、マルティンを落とそうと奮闘しましたねえ。一年半くらい口説きましたよ。結局振られたけど、スペイン語を覚える助けにはなりました。いやあ、青春でしたね」

ママがぽかんと口を開けている。新菜もたぶん同じ顔をしている。

それからママは会社の最寄り駅で電車を降りた。ほかの乗客も半分ほどが下車し、新菜とジョージは並んで座席に座った。ふぅ、と息をついてジョージがリストバンドを外す。

「さっきの話、ほんと？」

「もちろん」

「……マルティンの話も？」

控えめな声で聞いてみる。「ほんと」ジョージは軽い口調で答えた。

「はじめて見た。あの、その……ゲイの人」

「それは新菜が気付いてないだけ。このこと、玲子先生は知ってるけど、カメリアの生徒や論は知らないから、うまいこと黙っておいて」

新菜は神妙な気持ちでうなずいた。

「わかったけど、それならどうしてママに教えたの？」

「そりゃあ安心してもらうためだよ。俺、この通りあやしい男前だから、使えるものはなんでも使って信頼を得ないと。警戒されてたら面倒くさいだろ」

ちょっとよくわからない人だ。普通、自分で自分を男前なんて言わない。それとも、スペインではみんなこういうノリなのだろうか。

そうこう話しているうちに、玲子先生が電車に乗り込んできた。

「こんにちは二人とも。ジョージくん、幼気《いたいけ》な女の子をかどわかしてるみたいよ」

「こんなに善良な好青年をつかまえてひどくない、それ」

ジョージと玲子先生に挟まれて、再び動き出した電車に揺られながら、新菜は平日の真昼間に電車に乗って出かけているという状況を少し奇妙に思った。

学校という当たり前の世界を抜け出して、新しく、海の向こうで生まれた世界を知ろうとしている。

電車の窓の向こうに、タカジョの校舎の屋根が見えてくる。学校名を書いた看板がちらりと見えて、そのまま視界の外へ流れていった。

電車を降り、そこからバスに乗り換えた先に、スタジオ・カメリア御用達のフラメンコショップがあるらしかった。「何回来ても迷うのよねえ」ときょろきょろする玲子先生を、ジョージが案内する。しばらく歩くと、青い屋根にグレーの壁の建物が見えてきた。一見普通の戸建てだが、控えめに白い看板が出ている。

「セレスティナって読むんだ」

ジョージが看板を指さして言った。規模は小さいが品揃えのセンスがいいので、県外のファンも多い店なのだそうだ。

玲子先生がセレスティナのドアを開ける。カラン、カラン、と華やかな音を鳴らすベルをくぐって、新菜も先生に続いた。

「うわあ!」

そうして目に飛び込んできたのは、色とりどりのスカート、フリルが豪華なドレスを着たトルソー、そして壁に飾られた刺《し》繍《しゅう》入りのショールだ。

どれも普段のファッションではまず使わない、というより、日本人はなかなか選びそうもない、くっきりとコントラストが効いた彩りだ。この場にいるだけでわくわくしてくる。

「おう、来たか」

店の奥から出てきたのは、初老くらいの男の人だ。ちょっと太っていて、薄紫色のシャツにジーンズを合わせている。

「こちら、セレスティナの店長さん。若いころはフラメンコダンサーだったの」

玲子先生が紹介する。「店長、彼女が新菜ちゃん」言われて、新菜は軽く会釈をした。

「体幹が強そうな子だな。姿勢もいい。なにかダンスの経験ある？」

「部活でチアダンスをやってました。あと、幼稚園から小四までクラシックバレエも」

「なるほどね。体幹が強いのはいいことだぞ。バイレに必要なものはたくさんあるけど、体幹は本当に大事だからな」

店長はふんふんうなずきながら店の奥に戻っていく。ジョージが「バイレっていうのは、踊りのことな」と補足した。ほかにも、歌をカンテと言ったり、用語があるそうだ。

「じゃじゃーん」

店の奥から店長がラックを転がしてやってくる。

「若い子向けの練習用ファルダと、ベーシックなサパトス、用意しといたぞ。こんなに若い子なかなか来ないから、準備中から盛り上がっちゃったよ。さっそくサパトスから試着してみよう。さ、新菜ちゃん。そこ座って」

ハイテンションな店長に少し気圧されながら、新菜は傍らの椅子に座った。

「足のサイズは二十三・五か二十四センチって聞いたけど、それでいい?」

「はい。だいたいそれくらいです」

「スペインサイズだと三十七か三十八だな。これがサパトス。スペイン語でそのまんま靴って意味だ。女性用で、男はボタっていうショートブーツで踊るんだ」

店長は新菜の足元に黒いスエードのサパトスと表革のサパトスを二足ずつ置いた。見た目はシンプルな黒のパンプスだ。スエードの方には同じ素材の調節ベルトが、表革の方にはベージュのゴムのバンドがついている。

新菜はまず表革のものを左右別のサイズで履いてみた。「右が三十七で左が三十八だな」店長が箱を見ながら言う。

「右はきつい感じです。小指と薬指が当たってる。でも、左はちょっとゆるいかも」

「じゃあ、スエードの三十八を履いてみな。そっちは少し作りが小さいから」

言われて表革のサパトスを脱ぎ、スエードの方に履き替える。こちらは、足が靴に吸い込まれるようにするりと収まった。試しに立ち上がってみる。

「どう?」

玲子先生が尋ねる。

「いい感じです。当たるところもないし」

「ちょっと歩いてみるといいよ」

店長に促され、恐る恐る一歩踏み出す。コンッ、といい音が鳴った。ヒールは五センチくらいあるけど、太いから不安定な感じはしない。歩くたびにコンッ、コンッ、と引き締まった音が鳴って、気持ちがいい。

「どうしてこんなにいい足音が鳴るんですか？　床のせいかな」

「靴の裏、見てみな」

勝手にボタを試着しているジョージが言う。新菜は柱に摑まって靴裏を確認した。

爪先と踵に、びっしりと釘が打ってある。

「その釘のおかげで音が鳴るんだ。店長がやたらとこだわり強いから、この店で扱ってる靴はいい音が鳴るぞ。ほら」

言って、ジョージがボタで軽くステップを踏んでみせる。踵、爪先、足裏全体と打ち分けるごとに、打楽器のような軽快な音が響いた。

「おいジョージ、そのボタ高いからな。八万六千円」

店長が冷たい目をして言う。「やっべ」ジョージは慌ててボタを脱いだ。肩をすくめた店長が新菜に向き直る。

「床が傷むから、家でサパトスを履いて練習するのはやめた方がいい。近所迷惑にもなるしな。サイズはどう？」

新菜はもう一度爪先立ちをしたり、歩いたり、その場で回ったりした。当たる場所もゆるい場所もない。

「これがぴったりだと思います」

「よし、じゃあサパトスは決まりだな。次はファルダだ。パッと見て好きなやつから順番に試着してみな」

そう言って店長は、ラックからスカートを一着手に取った。フリルのない、黒の無地のものだ。フラメンコで使うスカートをファルダと言うそうだ。くるぶしまで長さがあるフレアスカートなら代用できるらしいが、玲子先生も店長も、専用のものを使った方がいいとすすめた。踊った手応えが違うようだ。

「レッスン用だとこういう黒の無地を選ぶ人も多いんだけど、俺としてはかわいいやつをおすすめするな。かわいいと、気持ちが盛り上がるだろ？　気持ちを盛り上げるのは、初心者には重要なんだよ」

「わたし、その緑とピンクのものが好きです」

新菜はラックにかかったファルダを指さした。「これか」と店長がファルダの裾を広げる。全体がくっきりとしたエメラルドグリーンで、フリルの部分にピンクのパイピングがあるファルダは、大人な感じでかっこいい。

ほかにも二着、ブルーのものと紫に白の水玉模様のファルダを選んで、新菜は試着室に入った。エメラルドグリーンのものから試着して、外に出る。ハンガーにかかっているときは素敵

に見えたけど、いざ着てみると、なんというか、

「ちょっと地味ねえ」

新菜の気持ちを代弁するように玲子先生が言った。店長とジョージもうなずく。新菜も同じ意見なので、もう一度試着室に引っ込んだ。ブルーのものは大人っぽすぎて似合わず、紫と白の水玉は素敵だけどウエストが緩くて踊りにくそうだ。

「意外とピンとくるものがないわね。——ジョージくん、よさそうなものある？」

玲子先生に声をかけられて、ボタを物色していたジョージが顔を上げた。すっとラックを指さす。

「ピンクに黒の水玉のやつ。一段フリルの」

これか、と店長がラックからファルダを取った。青みがかった濃いピンクの生地に、細かい黒の水玉模様のファルダは、たしかにかわいい。

「なんか子どもっぽい気がする」

新菜が言うと、ジョージが「そもそもガキじゃん」と鼻で笑った。

「このファルダ、重さがいいわね。生地もしっかりしてるし」

ファルダを腕に抱えて玲子先生が感心したように言う。

「重さって関係あるんですか？」

「あるわね。あんまり重くても扱うのが大変だけど、軽すぎてもふわふわして踊りにくいの

よ。着てみると案外似合うってこともあるし、試着するだけしてみたら？」

そう言われて、新菜はまた試着室に入った。ちょっとぶりっこだよな、と思いつつ、ファルダを身に着ける。

「……むむ」

ウエストのファスナーを閉め、思わずうなった。サイズは今まで穿いた中で一番合っている気がする。重さというのはよくわからないけど、ふわふわしてしまう感じはしない。

「どうですか」

試着室を出る。談笑していた店長と玲子先生がこちらを見た。

「いいじゃない」

「いいね」

二人は声をそろえた。ジョージも顔を上げ「今までで一番だろ」と勝ち誇った顔でにやりとする。

「だけど、ちょっと丈が長くないかな。引きずりそうです」

「たぶんサパトスを履いたらちょうどよ」

玲子先生がさっき決めたサパトスを持ってくる。ほら、と促されてサパトスを履くと、たしかにファルダの長さのバランスがよくなった。

「色も似合う。かわいいだけじゃなくて、少し毒気があるのがいいわ。ほら、鏡を見てみて」

移動式の鏡を持ってきた玲子先生が楽しそうに笑っている。鏡をのぞいてみると、たしかにピンクのファルダはしっくりきた。思ったよりも、全然ぶりっこじゃない。

「……悪くないかも」

「たしかに悪くない」

店長もうんうんとうなずく。

「っていうか、かなりいいよ。ジョージ、相変わらずセンスよすぎて気持ち悪いな」

「言ってること、ほとんど悪口だからな？」

それから新菜はラックに用意されたすべてのファルダを試着したが、ピンクのファルダが一番似合うと言われ、結局ジョージが選んだものに決めた。

「バイラオーラへの第一歩ね」

玲子先生は嬉しそうに言う。バイラオーラとは、フラメンコの女性の踊り手のことらしい。

店長が品物を用意しているあいだ、玲子先生はセレスティナの店内に置いてある品物のひとつひとつを、どういう名前か、なにに使うのかと説明してくれた。真っ黒な貝のようなカスタネットはパリージョと言って、別の曜日の中級クラスが練習しているそうだ。扇子はアバニコ。ショールは小さいものをシージョ、大きいものをマントンと呼び、どちらも豪華な刺繍が入ったものが壁に飾られている。

「玲子先生が新人公演で着けていた緑のショールはシージョですか？」

新菜が聞くと、玲子先生は「うぐっ」と変な声を出した。

「動画、もしかして見ない方がよかったですか？」

「うーん、全然見ていいんだけど、若いころの踊りって、なんとも言えず気恥ずかしいというか……」

両手を頬に当て、もじもじしながら玲子先生は言う。

「あのとき着けていた緑のショールはシージョよ。マントンは踊りに使ったりもするの」

「玲子先生って、いつからフラメンコをやってるんですか？」

「高校一年の終わりごろからだから、新菜ちゃんと同じくらいの歳ね。わたしも、もともとはバレエをやっていたの」

新菜は小学四年生まで通っていたバレエ教室の大人たちを思い出した。玲子先生は、彼女たちとは明らかに雰囲気が違う。バレエと玲子先生というのはイメージが結び付きにくい。

「バレエ、結構真剣にやっていたんだけど、体型的に向いていなくて。ステージで大女に見えることが嫌で、無理なダイエットをして、体を壊しかけてやめたの。そのころ、母が友達とスペイン旅行に行ってね。旅先でなにがあったのか、帰ってくるなり言うのよ。『玲子、フラメンコよ。フラメンコをやりなさい！』って。踊るのは好きだったから、言われるがままにカメリアの入門クラスでフラメンコをはじめた。最初はなんとなく習っていただけだったけど、はじめての発表会で、こう、ビビッと来たのよ」

「発表会、そんなに楽しかったんですか？」

「それもあるけどね。ステージの写真を見て、フラメンコの衣装がすごく似合うことに気付いたのよ。最初の発表会はむしろバレエ時代よりちょっと太ったくらいだったのに、フラメンコの衣装はステージに立っただれより似合った。受け入れられた！　って思ったわ。我ながら単純だけど」

セレスティナの店内に飾ってある衣装のドレスをあらためて見てみる。たしかに玲子先生に似合いそうだ。色使いが鮮やかでメリハリがあって、シルエットが曲線的で、たくさんフリルがついたドレスを着た玲子先生は、きっと素敵だ。

「バレエをやっていたとき、自覚している以上にコンプレックスや疎外感を持っていたんでしょうね。だからなのか、わたしは一生フラメンコを踊ろうって、そのとき思ったの。大学進学で上京してからも、たくさんバイトをしてスタジオに通い続けた。ダイエットは全然頑張れないけど、それは頑張れたのよ。好きなことのためだから。それに、長所や短所が環境に左右されるものだと若いうちに知れたのは財産だった。一歩踏み出した先は、まったくの別世界なのよね」

そっと、玲子先生がジョージを見る。ジョージは店長となにか話している。二人とも、今まで出会ったことがない系統の人だ。玲子先生もそうかもしれない。

「だけど、わたしがフラメンコを続けられたのは、体型が向いていたからじゃないと思う。たぶん心が向いていたの。踊る理由があったのよ」

玲子先生は言う。

「自分の輪郭が見えなくて、だけど型に押し込められていて、息苦しくて、ここから抜け出したい。そういう苦しさを味わったことがある人が、フラメンコに向いてるんだと思う。わたしも、ジョージくんも。店長もそうかもしれない」

「はぐれ者の文化、っていうことですか？」

新菜が尋ねると、玲子先生は「そうかもね」とうなずいた。

「それに、フラメンコは生き方だから。吐き出したいものがある方が歌えるし、鳴らせるし、踊れるのよ。きっと」

*

それから一週間して、フラメンコのレッスンがはじまった。玲子先生と二人きり、スタジオ・カメリアのレッスン室でみっちり柔軟をし、サパトスを履く。真新しいサパトスとファルダを身に着けて鏡の前に立つと自然と姿勢がよくなって、背が伸びたみたいに見えた。

「フラメンコの基本の姿勢は、膝を少し緩めて、おなかをぐっと真ん中に集めて、上半身は上から吊られている感じ。新菜ちゃんの姿勢はちょっと上に伸びていく感じが強いから、もう少し大地に根を張るイメージで。自然にあごを引いて、目線は水平に。それだとちょっと上向きよ。手をおなかの前にゆったり構えたら、はい、腕を開きながら頭の上に。肩は下げたままね」

言われた通りの姿勢を取る。バレエともチアとも違う姿勢と動作は、思ったよりも難しい。緩めた膝も伸ばしたくなってくる。

「次は、今の姿勢から片方ずつ半円を描く感じで下ろしてみて。肘が肩よりうしろに入らないように気を付けると、見栄えがするわよ」

腕をゆっくり下ろしていくのを、何回か繰り返す。玲子先生が指先を巻き込むように手首を外側に回したので真似してみると、一気にフラメンコという感じがした。

「大きなたまご型の空気を包む感じで動かして。肘も膝と同じように緩めてね、ピンと伸ばすのはだめ。あら、一度コツを摑むと早いのね。いい感じ」

少しずつ、基本の動きを教わっていく。そのたびに、だんだんと自分の体の軸がつくりかえられていく感じがした。今まで染みついていた動作が、新しい動作に塗り替えられていく。腕は優雅にやわらかく。指は爪の先端まで神経を行きわたらせるつもりで、まだ見ぬ観客の視線を絡めとるように。

「うぃーっす。あれ？　さっそくセビやってる？」

遅れてレッスン室に入ってきたジョージが言った。「あら、わかっちゃった？」楽しそうに玲子先生が笑う。

「セビ？」

「セビジャーナスのこと。フラメンコとよく似たスペインの民謡よ。入門クラスはだいたいこれを踊るの。セビージャっていう町の春祭りで踊るから、盆踊りみたいなものかしらね。男女で向かい合って踊ることも多いわ」

「一番から四番まで、恋愛の過程をなぞってる。ある意味合コンダンスかな」

ジョージの俗っぽい補足を、玲子先生が「情緒がない」と非難する。

「新菜ちゃんが今覚えた基礎の動きは、最初から順番につなげるとセビジャーナスの振りになるのよ。せっかくジョージくんも来たわけだし、ためしに一度踊ってみましょうか」

「いきなりですか？」

「失敗しても全然いいから。まず、フラメンコを踊ることのイメージを摑まないと。基礎ばかりやっていても、おもしろくないでしょ？」

さあ、と言われて、新菜は腹をくくって最初の姿勢をとった。正面に玲子先生が立つ。

「わからなくなったら、わたしの真似をしてね。とりあえず一番だけ。——さあ、ジョージくん、音楽スタート！」

咳払いをしたジョージがギターを鳴らす。明るい前奏だ。はじめて聞くのに懐かしい。なんだろう、たしかにお祭りっぽい。

「次の区切りから踊りだすわよ」

言われてすぐに、区切りが来る。ジョージが歌う。指先を翻《ひるがえ》し、空気を包むように腕を開き、頭上に持ち上げる。なるようになれ。サパトスを履いた足で、前へとステップを踏みだした。

靴音がギターと歌に乗って、海の向こうで生まれた音楽が新菜の周りを満たす。手足が一振りごとに、新しいリズムに出会っていく。

ジョージの歌声がだんだんと楽しそうに、明るさを増す。一番だけだから、曲は短い。あっと言う間に終わる。それを惜しいと思った。

玲子先生のタイミングに合わせて、最後の決めの姿勢を取る。最初はおっかなびっくりだったのに、打ち下ろした右足からは予想外にいい音が鳴った。足裏から背筋まで電流のようなものが勢いよく駆け巡る。

「いいじゃない。上出来」

玲子先生がにこりと笑う。ジョージもグッドサインをする。

「どう新菜ちゃん、はじめて踊ったご感想は？」

聞かれて、新菜は足元を見下ろした。視線を動かして、鏡の中でポーズを取ったままの自分を見る。

「なんだろう……、ビリビリきた感じ」

「そりゃあ最高だな」

玲子先生と顔を見合わせ、ジョージが楽しげにギターをかき鳴らす。歓迎の音がレッスン室のすみずみまで広がって、新菜を遠い世界に連れていく。

そうだ、帰ったらミリちゃんに手紙を書こう。とっておきの便箋に、お気に入りのペンで。

ミリちゃん。

ずっと言えなかったけど、学校、やめちゃったよ。

だけどそのかわりに、おもしろそうなこと、はじめたんだ。

もしかしたら新しい自分とか、出会っちゃうかもしれない。

夏　駆け出しセビジャーナス

「このオムレツおいしいな」

　エアコンの除湿が効いたリビングの食卓でパパが言った。家族三人がそろった夕食の席には、ママ特製のおかずがたくさん並んでいる。

「ジョージくんに教えてもらったレシピなの。スペイン風オムレツ。トルティージャっていうんだって」

　ママに言われて、パパは「スペイン風オムレツか……」と繰り返し、もう一口トルティージャを食べた。満月のように丸いオムレツの中にじゃがいもと玉ねぎが入ったトルティージャは、ママの最近の定番料理だ。

「ジョージくんのレシピだと、不思議なくらいおいしくできるんだよ。ほうれん草も合うって言ってたな。コーンを入れてもいいかも」

「ママってジョージがお気に入りだよね」

　新菜はちょっとあきれながら笑った。

ジョージは新菜と連絡先を交換するのとほぼ同時に、ママの連絡先を聞いていたらしい。そして新菜のフラメンコの練習ぶりを報告したり、手軽でおいしい料理のレシピを教えたりしている。ママのなかでジョージの好感度はうなぎ上りだ。

「ジョージっていうのは、新菜が通ってるフラメンコ教室の人だったよな」

「そうだよ。歌とギターの人」

「よく一緒にいるらしいけど、……まともなやつなんだろうな」

パパに聞かれて、新菜は少し黙った。

ジョージは気さくで話しやすくて、十歳以上も年上とは思えないくらい付き合いやすい。いいやつだ。だけど正直、まともなやつ、という感じはあまりしない。

まず、話の途中でたまにウインクしてくる。これが無駄に軽やかでうまい。そして新菜がぎょっとしたのを見てゲラゲラ笑う。自分のことを堂々とイケメンと言って憚《はばか》らず、この前スマホをいじっているときに話しかけたら「今、口説き文句考えてるからちょっと待って」と言っていた。それらが冗談なのか本当なのかは、毎回ちょっと判断に悩む。

「いい子だよ。はっきりしていて気持ちがいいし、見た目は派手だけど案外礼儀正しいしね。二十歳のときになんのツテもなくスペインに行って、六年も一人で暮らしてたんだって。バイタリティあるよね。なかなかできることじゃないよ」

そう言うママはすっかりジョージのファンだ。

「そういえば新菜、今日はスタジオの集まりに行ってたんだよね。なんだっけ、ペーニャだっけ？」

鶏肉の甘酢炒めを食べながら新菜はうなずいた。

スタジオ・カメリアでは、不定期でペーニャという集まりが開催されるらしい。静岡でフラメンコにかかわる人たちを集めた愛好会だ。県内のフラメンコ愛好家の中心地であるカメリアで行われるペーニャには、静岡市内だけでなく浜松《はままつ》や沼津《ぬまづ》、伊豆《いず》からも人が集まる。新菜も誘われて、せっかくだからと行ってみたのだ。

「楽しかった？」

「う……うん」

ごくり、と鶏肉を飲み込みながら答える。

新菜はペーニャを楽しみにしていた。カメリアに集まる大人たちはみんなやさしいし、大勢で食事をつまみながらフラメンコを歌ったり踊ったりするなんておもしろそうだ。

実際、ペーニャは楽しかったしおもしろかった。

ただそれは、途中までの話だ。

日曜日なんて関係ないとばかりに雨が降る、梅雨真っただ中の湿った空気を吹き飛ばすほど、ペーニャが開催されるカメリアのレッスン室はカラリとした明るさで満ちていた。レッスン室の奥の壁が取り払われてステージになって、好きなときに踊れるようになっている。デリバリーのピザや持ち寄ったお菓子が並んだテーブルを十五、六人が囲むと、海外ドラマに出てくるパーティーみたいでわくわくした。

ペーニャの参加者の最年少は新菜で、最年長の人はたぶん七十代だったと思う。女性が多いけど、セレスティナの店長やギタークラスの生徒など、男の人も数人参加していた。みんな新顔の新菜にやさしくて、緊張する間もなくペーニャの輪のなかに加わることができた。玲子先生は家の用事、ジョージは横浜《よこはま》まで出稼ぎに行っていて不在で、場になじめなかったらどうしようとこっそり心配していたから、ペーニャの参加者のあたたかさにほっとした。

「新菜ちゃん、十七だっけ？」

そう声をかけたのは、大学三年の鈴《すず》さんだ。大学のサークルでフラメンコに出会い、去年から浜松市内のスタジオに通っているらしい。

「クラスは玲子先生の個人レッスンで、毎回カンテとギターがつくんでしょ？　いいな。絶対上達するよ。わたし、追い抜かされちゃうかも」

玲子先生の個人レッスンを受けていると言うと、他の生徒はみんなうらやましがる。しかも、見学の日に新菜が踊った即興のダンスは、尾ひれがついた状態で界隈の話題になっているようだ。今日のペーニャの参加者の多くが新菜を一方的に知っていたし、期待の新星なんて言われたりもした。照れくさいけど、そのおかげでみんながあれこれ気にかけて親切にしてくれるのはありがたい。

玲子先生はこのごろお母さんの介護があるとかで、あまりクラスを受け持っていないのだそうだ。毎回ギターとカンテがつくレッスンというのも貴重だし、おまけに担当がジョージと言うと、若めの女性を中心にうらやむ声が上がった。ギタークラスの男性生徒によると、ジョージはギターもカンテもうまいらしい。「歴十年に満たないとは思えない。本場仕込みは違うよ」とカンテの講師も評価している。ただ、女性生徒の多くはジョージの顔が目当てのようだ。

ペーニャは和気あいあいと盛り上がりを見せた。食べ物をつまみながら、気が向いた人から順番に歌い、踊り、ギターを奏でる。大人たちはワインも飲みはじめて、少しずついい気分になっていく。

この日一番の見どころはセレスティナの店長だった。俺は膝が痛いからもう踊らないと言っていたけど、お酒が入るといい気分になったのか、椅子に座ったまま哀愁漂う曲に合わせて踊ってみせた。ステップを踏まず、立ち上がりもしないバイレには厳《おごそ》かで静かな迫力があって、新菜は鈴さんとすごいね、すごいねと小さな声で言い合った。

「新菜ちゃんは、今どれくらい踊れるの？」

鈴さんのクラスを担当する講師が尋ねる。新菜は、セビジャーナスを四番まで通しで踊れるようになったと答えた。

「さすが、個人レッスンだと進みが速いね。そういえば新菜ちゃんって、ジョージくんに勧誘されたんでしょ？　めずらしいよね、彼がそういうことするの」

「ジョージくんって一見気安いけど、ちょっと壁がありますよね」

生徒の一人が言うと、その場にいる大勢が「だよね」「わかる」と同意した。

「ふとした瞬間に暗いよね。陰があるっていえばそうだけど」

「向こうからはあんまり話しかけてこないし」

「聞かれたことには答えるけど、逆に言えば聞かれたことにしか答えないって感じ」

「いい子なんだけどね。日本に戻ってきたのだって、お父さんが病気したからなんでしょ？」

「そのわりに、お父さんと仲悪いらしいけど」

「一緒にいると喧嘩するから週の半分はよそで働いてるって言ってたもんね」

比較的年配の人たちはそうやって噂をして、「でも彼、目の保養なんだよ」とうなずき合う。

新菜はジョージに壁を感じたことはないし、暗いと思ったこともない。むしろ明るくてずけずけしている人だと思っていたから、大人たちのあいだでの評判は予想外だった。

「そうだ新菜ちゃん、セビ踊れるなら鈴ちゃんと踊りなよ」

鈴さんのクラスの講師が提案する。「たしかに、わたしたちまだ踊ってない」ミニケーキを食べながら鈴さんも言った。新菜はちらりとペーニャの参加者たちを見た。

「若者ペアのセビジャーナスか、いいね。二人は背格好も似てるから、踊りやすいと思うよ」

セレスティナの店長の言葉に、他の参加者も賛成する。「きまり！」鈴さんは急いでミニケーキの残りを口に突っ込むとウェットティッシュで手をふいて立ち上がった。

「わたし、人前でフラメンコを踊るのはじめてなんですけど」

「だったらちょうどいいよ。みんなほろ酔いで細かいとこまで見てないし」

それもそうかとステージに上がる。同時に短い拍手が起きて、ギタークラスの生徒がセビジャーナスの前奏を弾きはじめた。

レッスン室に、陽気な音楽が流れる。参加者たちが手拍子を打つ。新菜も練習中の手拍子はパルマといって、いつも玲子先生やジョージと練習するよりも人数が多い分、音に厚みがあり華やかだ。新菜もパルマを叩きながら、ステージの真ん中で鈴さんと向かい合う。

歌がはじまる。

その瞬間、新菜の頭は困惑でいっぱいになった。

曲が違う。

今日のカンテは四十代くらいの女性だ。女の人の声だから雰囲気が違うのかと思ったけど、明らかに曲そのものが違う。

鈴さんは平然と踊っている。だけど、新菜が習ったものとはところどころ振りが違う。曲が続くから新菜もどうにか踊るけど、勝手が摑めない。今、曲のどのあたりなのかすら、よくわからなかった。

困惑がみるみる増していく。手足が粘着性の糸に絡めとられていくように、動きが重くなっていく。

なんとか一番を踊り終えて、間奏にうつる。このまま終わってほしいけど、それでも音楽は続く。

これって本当にセビジャーナス？　まさか酔っ払って曲を間違えてる？　でも前奏は同じだったし、いつもの曲と雰囲気も似てるし……。

二番に差し掛かるが、やはり新菜が普段踊っているセビジャーナスとは違う曲に聞こえた。

頭をフル回転させて普段のセビジャーナスとの共通点を探すうちに、どんどんわけがわからなくなっていく。すると、手足が縮こまって動かなくなった。「おっと」鈴さんが慌てて踊りを止めて、ギターが止まり、カンテが止まり、陽気なパルマも止まった。

なにが起きたのかわからない。

ただひとつはっきりしているのは、はじめて人前で踊るフラメンコは、混乱したまま失敗に終わったということだった。

＊

――そんなペーニャでの失敗を翌日のレッスンで準備運動をしつつ話すと、玲子先生とジョージは同時になんとも言えない声を発した。

「ごめんね、それはこっちのミスよ。先に教えておくべきだったわ」

玲子先生が申し訳なさそうに手を合わせる。そして、

「セビジャーナスって、曲のタイトルじゃないのよ」

と言った。

「セビジャーナスだけじゃなくて、見学のときのソレア・ポル・ブレリアも、中級クラスが練習しているガロティンも、曲名じゃないの。曲種なの。言ってみれば音楽のジャンルね」

「じゃあ、セビジャーナスやガロティンっていう曲種の中に、細々した曲があるんですか？」

「そんな感じ。俺のセビジャーナスは『ミラ・ラ・カラ』で、ペーニャにいた歌い手《カンタオーラ》は違う曲を歌ったんだろうな。振り付けも、基本はだいたい同じとはいえ人によって細かいところは違うし。混乱して当然」

手持無沙汰にギターを爪弾きながらジョージが言った。

「ただ、セビジャーナスは結構例外なんだよな。本来フラメンコは即興性が強い音楽だし、いわゆるダンスみたいに決まった曲を決まった振りで踊るって感じでもないから」

「即興？」

予想外の言葉だ。見学のあと、ジョージのギターとカンテに合わせて勢いで踊りはしたけ

ど、あれは創作ダンスだった。フラメンコを即興となると想像がつかない。それに、ギターとカンテは別の人が担当することが多いみたいだから、最低でも三人で息を合わせないといけないはずだ。なおさら不可能に思えてくる。

「カンテとバイレとギターがそれぞれに信頼しあって、様子をうかがいあって、その場の雰囲気や勢いで曲や振り付けを作っていくのが、本当のフラメンコなんだよ」

「そんなことできるの？」

「実際に見た方がわかるかな。玲子先生、サクッと踊って。ソレアで歌は二回ね」

ジョージは声をかけると、はっきりと意図を持った旋律でギターを奏ではじめた。「オッケー」と応えた玲子先生がレッスン室の中央に足を踏みだす。新菜は慌てて壁際に引っ込んだ。

玲子先生が踊り出し、ジョージが歌う。サクッと踊って、と言われたさっきの今とは思えない阿吽《あうん》の呼吸で、まるで会話でもするようにぴったりと、ジョージのカンテとギターに玲子先生の踊りがはまっている。しかも新菜が即興で踊ったときと比べて明らかに曲の構成が複雑だ。物語があるようにすら思える。なにこれ、なんでこんなことできるわけ？

「打ち合わせはしてないわよ」

歌が止み、ギター伴奏のみのパートで、踊りながら玲子先生が言った。新菜は、ぽかんとしたままうなずいた。そうしているうちに歌が再開し、曲のテンポが上がり、玲子先生はステップで音楽を片付けるようにして踊り終えた。

「……なんでそんなことできるの？」

「曲の構成を知ってるんだよ」

そう言ってジョージは、さっきのソレアをもう一度弾く。

「アレンジを入れることもあるけど、ソレアの構成はおおまかに、サリーダ、ジャマーダ、レトラ、ファルセータ、レトラ、エスコビージャ、ブレリアっていう風に決まってるんだ。わかりやすく言うと、喉ならしのカンテ、踊り手が歌を催促して、歌詞あり、伴奏だけ、もう一度歌詞あり、踊り手の足さばきの見せ場、テンポを上げて締める。それを知ってるから、次に何をすればいいかわかるってわけ」

「でも、曲や踊りのどのタイミングで次の段階に進むかはわからないよね？」

「それがわかるのよ」

目をきらんと輝かせて玲子先生が言う。

「コンパスをわかっていれば、即興でもタイミングを合わせられるのよ」

新菜の頭に方位磁石が浮かんだ。混乱を見透かしたように「羅針盤のことじゃないぞ」とジョージが言う。

「でも、フラメンコの道しるべという意味では羅針盤ね。フラメンコには曲種ごとにコンパスっていう独自のリズムがあって、それを何度も繰り返してるの。コンパスを回すって言うんだけど、これをできるから歌と踊りとギターの三位一体が成立するのよ」

たとえば、と玲子先生がパルマを叩く。ときどきサパトスの足裏全体を打ち下ろしてアクセントをつける。

「こんな感じでソレアは十二拍子。三、六、八、十、十二がアクセント」

「えーっと、三拍子が二回、二拍子が三回のセットで十二拍子ってことですか？」

「よく気付いたわね。やっぱり筋がいいわ。ただ、フラメンコを即興で、なんて初心者のうちは言われないから、今は雰囲気がなんとなくわかれば充分。——それにしても、はじめて人前で踊るタイミングで失敗させちゃったのは申し訳なかったわね。今度、変に緊張しなければいいんだけど」

玲子先生が難しい顔をする。「今度ってなんのことですか？」新菜は聞き返した。

「新菜、お茶っ葉テレビのダンスフェスに出るんだよ」

ジョージに言われて、思わず耳を疑う。お茶っ葉テレビの、ダンスフェス……？

「なにそれ聞いてない！」

「今はじめて言ったからな。書類審査の結果が届くまでは黙っていようと思って」

「書類、書いていないんだけど」

「俺が代筆した。十七歳っぽいアピール文を考えはしたけど、まさか通過するとはな。お母さんの許可はもらってあるから」

「それも聞いてない！」

「緊張させたくないからぎりぎりまで黙っといてくださいって言ったんだよ」

「信じらんない！　っていうか、お茶テレのダンスフェスって、嘘でしょ……」

新菜の脳裏にタカジョのチア部がよみがえる。

お茶っ葉テレビ主催、富士山ダンスフェスティバル。毎年お盆の時期に遊園地で行われるそのイベントでは、高城女学院チアダンス部の高等部選抜チーム、「アクセラレーション」が毎年新体制をお披露目しているのだ。新菜は去年、樹梨とともに一年生ながら選抜メンバーになり、出場した。

アクセラレーションは初回開催からずっとダンスフェスに出場している常連チームだ。ジョージが勝手に書いた書類が審査を通過したくらいだから、アクセラレーションだって通過しているに違いない。

つまり新菜は、少なくともチア部の部員と――きっと今年もアクセラレーションのメンバー入りを果たしているであろう樹梨と、顔を合わせることになる。

「一位になれば五千円、二位なら三千円、三位で千円のクオカードをもらえるらしいぞ。一儲けしようぜ」

こっちの気も知らないで、ジョージはパチンと軽やかにウインクする。玲子先生もにこにこ頷く。

「これからのレッスンではしっかり踊りの完成度を上げていきましょうね」

そう言って、玲子先生がオホホホホと高らかに笑った。

勝手に書類を代筆したジョージも、許可を出したママも、のんきに笑っている玲子先生も、なにを考えているんだろう。

大人って、じつはバカなのかもしれない。

＊

「ちょっとママ！」

その日の夜、仕事終わりのママが帰ってくるなり、新菜は抗議の声をあげた。ママの帰宅を見はからって玄関で待ち構えていたのだ。月曜からさっそくくたびれ顔のママは一瞬驚いたけど、すぐに「あーあ」とうなずいた。

「ダンスフェス、書類を通過したんだね」

「なんで許可を出したの？　お茶テレのダンスフェスって、アクセラレーションも出るんだよ？」

「そういえばそうだったね」

ママの言葉はびっくりするほど白々しかった。

アクセラレーションは毎年六月ごろに二年生を中心とした新体制になる。そのメンバーに一年生ながら選ばれるのは名誉なことだ。新菜は中等部時代にセンターだったから可能性はあったけど、メンバー入りしたときはママも一緒に喜んでくれた。ダンスフェスだって、新菜のアクセラレーションとしてのデビュー戦だったから、忘れているはずがないのだ。

「わたし、絶対に樹梨と会うことになるんだけど」

リビングに入るママを追いかけて抗議する。ママは「べつにいいじゃない」と言った。息みたいに小さな声で「それくらい」と言ったのもギリギリ聞こえた。

「べつにいいじゃない？　それくらい？」

思わず聞き返す。おなかの底から爆発しそうな怒りが湧いてくる。

ママは新菜のことをミリちゃんをいじめから守っていた勇敢な娘、と思っているみたいだけど、新菜だって樹梨のいじめの被害者だ。

ローファーに使用済みの生理用品を詰め込まれたあの日、どうやって帰ろうか途方に暮れた。結局、生理用品を全部つまみ出して、ローファーを履いて帰った。上履きで電車に乗ったら目立つし、いかにも「いじめられています」という感じがするから嫌だったのだ。だけど、血なまぐさいローファーを履くのも嫌だった。下校の最中、ずっと気持ち悪かった。

本革だから水洗いなんてできないとわかっていても、家に帰ってすぐにローファーを洗った。結局だめにしてしまって、ママからなんでこんなことしたのと怒られたとき、新菜は学校でなにがあったか言えなかった。それどころか、ローファー事件をはじめとするいじめの詳細は今も、ママにはほとんど言えていない。

次の日から新菜はクラスのだれからも声を掛けられなくなり、かわりに聞こえよがしにクスクス笑われるようになった。しばらくしたら、チア部の先輩から「パパ活してるってほんと？」と聞かれた。樹梨が流した根も葉もない噂だった。それからペンケースやポーチを隠されるようになって、校内では常にサブバッグを携帯するのが習慣になった。足を引っ掛けてわざと転ばされ、廊下に散らばったサブバッグの中身をかき集めたときのみじめさは、思い出したくもない。

心を守るためなのか、二学期後半の記憶はおぼろげだ。白昼夢みたいにぼんやりした時間が過ぎて、ミリちゃんがいないせいで少しも楽しくない冬休みが終わって、三学期がはじまって、新菜の記憶は教室の椅子を高く持ち上げた瞬間まで一気に飛ぶ。

——ふざけんじゃねえよ！

絶叫しながら、こういうときって口調が変わるんだな、と思ったことを覚えている。新菜は机を蹴散らし、椅子を武器みたいに振り回した。樹梨はちょっと慌てた顔をしていたけど、まだ笑っていた。樹梨の逃げ方がうまいのか、新菜の攻撃が下手なのかはわからないけど、椅子は宙を切るだけだった。ぶん殴ってやる、と心に決めていたのに、怪我をしたのは床にこぼれたプリントを踏んで足をすべらせた新菜の方だった。

クラスメイトの甲高《かんだか》い悲鳴が上がった。さすがの樹梨も少し焦ったようだった。新菜はこめかみから滴る血を両手で押さえながら、涙が止まらなかった。

タカジョになんて入るんじゃなかった。ミリちゃんに、一緒にタカジョに行こうよ、お揃いの制服着よう？　と言った、昔の自分が憎かった。

だけど、それは絶対に口に出せない。だってタカジョは、ママの母校なのだ。

「いつまでも過去を引きずっているわけにはいかないよ」

キッチンのカウンターに手をついて、ママは言う。

「早いうちに決着をつけたり、心に区切りを持たせたほうがいいと思う。一生逃げ回るわけにはいかないし、地元が同じである以上、きっぱり縁を切るっていうのは意外と難しいの。静岡は田舎だから、学校の子といつかどこかで再会することだってあるかもしれないんだよ」

新菜はむすっと黙った。言い返せそうで、言い返せない。ママは新菜の心を無視しているけど、言っていることはそれなりに正論だ。

「……過去って言うほど、過去じゃないよ」

なんとかそう言うと、ママは子どもをいなす表情をして肩をすくめた。

「お夕飯、昨日冷凍した餃子でいい？」

話はこれで終わりらしい。大人って、やっぱりバカだ。こっちを子どもだと思って見くびっている。自分が子どもだったときのことなんて、すっかり忘れてしまっている。だからこんなことができるのだ。

新菜は反抗の意味を込めて、返事をしないまま部屋に引っ込んだ。

＊

ダンスフェスの会場で、樹梨と、アクセラレーションのメンバーと再会する。そうすれば樹梨はきっと新菜に絡んでくるし、少なくとも嫌な態度を取ってくることは確定だ。そのことを予習するみたいに何パターンも想像して、新菜の気持ちはどんどん沈んでいく。

時間が止まってほしい。あるいは、お茶っ葉テレビが倒産したり、ダンスフェス当日に台風が直撃すればいい。

だけど、世間では学生たちの夏休みがはじまったし、お茶テレが倒産する気配はないし、今年の夏は台風が少ない見込みのようだ。憂鬱とため息が加速する。

「新菜ちゃん、最近浮かない顔ね」

カメリアのレッスン室で準備運動をする最中、玲子先生が鏡越しに微笑みかけながらそう言った。「まあ……」と新菜が唸るように答えるのを聞いて「なにかあった？」と眉を上げる。

今回の件で諸悪の根源とも言えるジョージは、まだ来ていない。

「……ダンスフェス、出ないとだめですか？」

新菜は小さく絞り出した。玲子先生は少し意外な顔をして、「そうねぇ」と呟く。

「べつにキャンセルくらいできるとは思うけど、せっかくだから出たら？　そんなに緊張するイベントでもないと思うわよ。それに新菜ちゃんは、どちらかというと舞台度胸がありそうに見えるもの」

「……そういうことじゃなくて」

前屈してファルダに顔を埋めながら、新菜はぽつぽつとアクセラレーションのことを話した。すぐそこの玲子先生の気配が、ちょっとだけ固くなる。

「学校の子たちに会いたくない気持ちはわかるけど、今回新菜ちゃんは、ダンスフェスに出ないと後悔するんじゃないかしら」

「……そんなことないと思います」

「どうかしらねぇ」

玲子先生はいつもの調子でおっとり呟いてから、悪だくみをするみたいに「そうだ」と言った。

「内緒にしてほしいんだけど、わたし、二十代のころに略奪婚したのよ」

予想外の話がはじまって、新菜は思わず顔を上げた。玲子先生はすまし顔を作る。

「当時、年上の既婚者と付き合ってる時点で反対されていたけど、いざ結婚するってなったとき、親友がすごく怒って止めてきた。絶対にロクな男じゃないし玲子は不幸になるって言ってたね。で、大喧嘩して、親友と絶交して、結婚した。これが真実の愛、くらいに思っていたけど、それから十年も経たずに自分より若い女に夫を略奪されて離婚したの」

思わず口があんぐりと開く。知らない世界を垣間見た気分で、新菜は何度か小さくうなずいた。

「すべてを失ったと思ったわ。当時は親とも気まずかったし、友達とはみんな縁が切れてしまっていた。それでさびしくて、勇気を出して親友に連絡したの。わたしが間違っていた、もう一度仲良くして、って言うために。だけど事情を聞いた親友は『自業自得でしょ』と通話を切って、それきり着信拒否された。人生最大の勇気を出して、玉砕した瞬間ね。ショックだった。だけどこのことで、芸の肥やしにはなっただろうと吹っ切れたところもある。――あのとき親友に電話をかけていなかったら、わたしはたぶん今もウジウジしていたでしょうね。人生ってそういうものよ。終わらせてしまえば次に行くしかなくなる。逆に言えば、終わらせない限り永遠に引きずるの」

てのひらに、振り上げた椅子の感触がよみがえる気がした。新菜は高校を辞めてもまだ、心をあの教室に置いてきたままなのかもしれない。

「ダンスフェス、きっと憂鬱だろうけど、勇気の出しどころなんじゃない？」

玲子先生の言葉は納得できるようなできないような、微妙なところだった。玲子先生は今を受け入れて今を愛しているから、きっと過去のことも許容できるのだ。

「ジョージくんが来るまで、振り付けのおさらいをしましょうか。セビジャーナスはペアになる踊りだから、一人だとしてもだれかと向き合って踊っていると思うといいわよ。わたしのカンテでごめんなさいね」

そう言って、玲子先生はパルマを叩きはじめる。頭の中にセビジャーナスを響かせながら踊り出す自分は、鏡のなかで自信なげに視線を伏せた。

＊

その夜、お風呂から出てスマホに触れると、ＬＩＮＥの通知が届いていた。ミリちゃんからメッセージだ。

どうしよう、何ヵ月ぶりだろう。喜びに震える指先で、ＬＩＮＥを開く。

〈電話してもいい？〉

メッセージが届いたのはだいたい十五分前。思わずスマホを握る手に力がこもる。新菜は髪も乾かさずに通話マークに触れると、慌てて部屋に引っ込んだ。

『――ニナちゃん？』

電話が繋がる。スマホから懐かしいミリちゃんの声が聞こえる。

その瞬間、新菜はうっかり泣きそうになった。

「ミリちゃん」

『ひさしぶり。手紙の返事を書いてたらすごい枚数になっちゃって。これはもう電話した方が早いなーって。ニナちゃんの声、聞きたかったたし。急にごめんね』

「ううん。連絡くれて嬉しい。どう、元気……っていうか、なんだろう、生きてる？　いや、生きてるよね。よかった、生きてる」

『なにそれ、ニナちゃん相変わらずおもしろいね』

そう言ってミリちゃんがスマホの向こうでニシシと笑う。

『ねえ、ニナちゃんも学校やめたんだね』

「うん」

うなずきながら新菜は出窓によじ登った。窓を開ける。夏の夜風が、部屋の中に吹き込んでカーテンを揺らす。

『どこかに転校したの？』

「してない。高卒認定を取ることにした。もうすぐ試験だけど、落ちることはないだろうしね。タカジョの授業でやったことの方が難しいもん」

『そうなんだ。ニナちゃんなら余裕だよね、それ。――ねえねえ、この話、一番聞きたいんだけど、ニナちゃんフラメンコはじめたんでしょ？』

興味津々の声でミリちゃんが尋ねる。「うん」答えながら、新菜は陰干ししているサパトスを見た。

「近所のスタジオで習いはじめたんだ」

『自称男前の歌う料理人と、女優みたいな先生って、手紙を読んでるだけでわくわくしちゃった。ねえ、自称男前、どんな感じでかっこいいの？　芸能人でいうとだれ系？』

「ミリちゃん、ほんとにイケメン好きだよね。そんなにかっこよくないよ。自称男前って、ようするにちょっと変な人じゃん」

『えぇー、なにそれー。言えてるけど』

いじめがはじまる前みたいに、ミリちゃんが笑う。その声を聞いて、新菜は本当に安心した。なにもかもが変わってしまった気がしていたけど、変わらない部分がある。そのことに、こんなにも救われるとは思わなかった。

『ニナちゃんの手紙を読んでから、フラメンコのことあれこれ調べてるよ。いろんな文化や音楽が混ざり合って今のフラメンコができたみたいでおもしろい。ロマみたいなマイノリティを軸に考えることって少ないから、勉強になるしね。今度、学校の歴史のレポートにするんだ』

「なんかミリちゃんの方が詳しくなりそうだね。ミリちゃん、歴史得意だし」

『わたし、踊るのは絶対苦手だからね。得意分野から攻めてみたの。今度会うときにはもっと詳しくなってるよ。ねえ、わたし最近調子いいんだ。これから暑くなるけどさ、涼しくなったら福岡に遊びに来ない？』

「……行っていいの？」

新菜が聞くと、ミリちゃんは『もちろんだよー』と明るく返事をした。

『博多《はかた》を案内できるようになっておくから。おいしいラーメン屋さんも調べておく。太宰府天《だざいふてん》満宮《まんぐう》も、まだ行ったことないから一緒に行こう。ね、来てくれる?』

「行く。絶対行く」

『やった。——あのさ、わたし、ロマだからアンダルシアに辿り着いたし、アンダルシアだからフラメンコが生まれたんだなって思うんだ。ロマが定住民だったり、行きついたのがアンダルシアじゃなければ、フラメンコは今、この世にないんだよね』

「そっか。そう思うとすごいね」

新菜はフラメンコが存在しない今を想像してみた。そうしたら、今頃もっと孤独に過ごしていたのだろうか。他の何かと出会っていたかもしれないけど、その「何か」はうまく思い描けない。

『うん。だからね、無駄なことなんてないって思いたいんだ。わたしたちがしんどいことも、高校やめちゃったことも、いつかきっと、それでよかったって思える日が来るよね』

自分たちを励ますようなミリちゃんの言葉に、新菜はとっさにうなずけなかった。

無駄なことなんてないと思いたいという強さを、新菜は到底持てそうにない。

だって樹梨さえいなければ、今も毎日ミリちゃんに会えたのだ。

「……そうだね」

悩んで、新菜は無理やりそう言った。ミリちゃんに嘘を吐くと思うと、背筋がぞわっとした。ドアの向こうからママが「髪乾かしなさい」とそっと声をかける。

『今のおばさんの声？』

「そうだよ。ごめん、じつはお風呂上がりでまだ髪乾かしてないんだ」

『風邪引くし髪傷むよ』

「うん。だから、また電話しよ。いつでもかけてきてよ。結構暇してるから」

『わかる。学校行かないと暇だよね』

それから新菜とミリちゃんは、たっぷり十往復は「またね」と言い合って通話を切った。

通話画面が消えたスマホを見て、思わずため息を漏らす。

高校をやめたことを、それでよかったと思える日。そんな日が来るとは思えない。きっと新菜の選択は、未来の新菜の足を引っ張るだろう。

玲子先生の過去も、ロマとアンダルシアの出会いも、偶然うまくいったから美談なのだ。長い歴史のなかでは、傷つきみじめに消えて行ったはぐれ者の方が、きっと、ずっと多い。

＊

ダンスフェスの本番が近付くごとに新菜の気持ちは塞いでいき、体感する時間の流れが速くなり、あっという間に当日がやってきた。直撃するかも、と思った台風は昨夜遅くに関東沖で熱帯低気圧に変わり、空にはぎらぎらと太陽が輝いている。

衣装は一式、鈴さんから借りた。新菜は全体がフリルで飾られたステージ用の白いブラウスを着て、愛用のサパトスといつもより豪華なファルダが入ったリュックを背負い、髪飾りを入れた巾着を持ってため息を連発しながら近所のヘアサロンへ向かう。ジョージの友達が美容師をしているので、髪をフラメンコのお団子、モニョに結ってもらうのだ。友達サービスで開店前に時間を取ってくれたらしい。周囲を巻き込むことで、新菜が逃げないように外堀を埋められたような気がする。

「……こんにちはぁ」

どんよりした気持ちで、指定されたヘアサロンのドアを開ける。すると、軽やかな音楽とシャンプーの香りが流れ込んできた。「はいはーい」と返事が聞こえて、店の奥からショートボブを桜色に染めた小柄な女性が出てくる。

「新菜ちゃんだね。担当します、坂田里彩《りさ》です」

里彩さんは新菜のリュックを預かると手早くクロークに入れ、鏡の前の椅子に案内した。

「いい髪だね。長いのに全然傷んでない。髪飾りは持ってきたんだよね」

新菜は巾着を差し出した。中には黄緑色とピンクのバラの造花と、透かし彫り風の細工がされたプラスチックの飾り櫛が入っている。これも、衣装と一緒に鈴さんから借りたものだ。

「衣装はピンク系？　黄緑系？」

「黄緑にピンクの水玉です」

「さすがフラメンコ、色合わせが大胆だわ。じゃあ、さっそくやっていくね」

ブラシで新菜の髪を梳《す》きながら、鏡越しに里彩さんは笑った。

教室で暴れてこめかみを切ってから作った前髪がヘアピンとジェルで上げられる。おでこが全開になると、まだ少し赤味が残る傷が目立った。「これ隠せますか？」と傷を指さすと、里彩さんは「余裕余裕」と自信満々に答えた。

「結婚する前は映画のスタジオでヘアメイクをしてたんだ。傷とかシミとかを隠すのは超得意だから。任せといて」

「ジョージから聞いたんですけど、里彩さんって論くんの奥さんなんですよね」

「そうだよ。そう言えば論と会ったことあるらしいね。腐れ縁のまま、雰囲気に流されて結婚しちゃったんだ。血迷ったなあ」

「血迷ったってひどくない？」

背後から声がかかって、新菜の髪を結いながら里彩さんが振り返る。店に論くんが入ってくるとこだ。

「あんたなにサボってんの。配達は？」

「里彩がスマホを家に忘れたから届けに来たんだってば」

論くんはピンクのケースをつけたスマホをラックの上に置いて、鏡越しに新菜を見た。

「新菜ちゃん、今日が初舞台なんだよね」

「ジョージのせいで……」

答えると、論くんと里彩さんはよく似た仕草で笑った。

「もしかして乗り気じゃなかったりする？　ごめんね、あいつ、強引で俺様なの」

里彩さんが顔をしかめる。論くんも「それな」とうなずいた。

「でも、本当に嫌がってる人に無理強いするやつじゃないんだよね」

論くんはそう言う。新菜は、かなり本気で嫌なんだけどな、と思いつつ曖昧に笑った。

「セビなんとかっていう、春祭りの曲を踊るんでしょ？　黄緑とピンクっていう組み合わせからして、お祭り感あるよね。春っぽいし。絶対かわいい」

「セビジャーナスです。里彩さん、ジョージからなにか聞いてるんですか？」

「断片的にね。フラメンコのこと、聞いてもあんまり話してくれないの。意外と秘密主義なんだよあの男」

「言えてる。昔から、彼女とか紹介してくれなかったし」

論くんの言葉で、新菜は驚きながら視線を上げた。

「ジョージの……彼女？」

「すっごいモテたの。何人振ったかわかったものじゃないし、付き合っても続いて二週間。被害者の会を作れるよ」

「被害者の会の会長、里彩だろ？」

「えー、その話する？」

里彩さんは新菜の髪をてきぱきセットしながら笑っている。論くんによると、里彩さんの初恋はジョージで、二度も告白して振られているそうだ。

新菜は三人が高校生のころを想像してみた。やさしくて感じがいい論くんはきっと人気者だっただろう。オシャレな里彩さんは女子から一目置かれそうだ。

ただ、高校生のジョージというのは不思議とイメージがわかない。

「ジョージって、高校時代はどんな感じだったんですか？　モテる以外で」

そう聞いた瞬間、論くんと里彩さんの表情が固まった。髪をひっつめられ、少しのけぞりながら、新菜はあれ？　と思う。

「……今とは全然違うかな」

沈黙を破ったのは論くんだ。里彩さんが一瞬遅れて「ほんとにね」と相槌を打つ。

「スペインから戻ってきたジョージを見たときは驚いたよ。髪は長いしタトゥー入ってるし。まったく、あの爽やか系がすっかり危ない感じになっちゃってさ。わたし、再会してちょっと夢壊れたところあるもん。——髪型はこれで完成かな。あとはメイクだね」

里彩さんはそう言って、メイク道具を取りに行った。鏡に映る自分はチアと同じように髪をぴっちり固めている。ただ、後頭部からちらりとのぞく髪飾りが新鮮だ。そっと触ってみると、モニョはちょうどスマホくらいの縦長をしている。

「新菜ちゃん、ジョージと仲良くしてやってね」

鏡越しに笑いかけながら論くんが言った。

「ジョージはあれで意外とさびしがりなやつだからさ」

そう言うと論くんは踵を返した。里彩さんに声をかけ、店を出ていく。

それからメイクをしてもらうあいだ、新菜は女の子にモテまくる高校時代のジョージを想像した。同性が好きなジョージは、一体どういう気持ちでいたんだろう。

里彩さんにメイクをしてもらうと、こめかみの傷は近くでじっと見なければわからないくらいに隠れた。マスカラの上手な塗り方や似合う色のリップの選び方を教えてもらい、少し得をした気分で椅子を降りる。

「フラメンコなんて絶対目立つよ。ダンスフェス、頑張ってね」

「ありがとうございます。まあ……頑張ります」

樹梨のことが頭をよぎるが、新菜はなるべく前向きにうなずいた。お会計をして、店を出る。すると、路肩に停まった軽トラックの運転席からジョージがひらっと手を振った。

黒いシャツを肘まで腕まくりして、運転のためか色の濃いサングラスをかけたジョージは、里彩さんが言うように危ない感じだ。街ですれ違ったら怖い人の部類に入るし、高校時代は爽やか系だったなんて信じられない。一緒にいたら職務質問とかされるんじゃないだろうか。軽トラの荷台には、コンクリートパネルが積まれている。床を傷つけず靴音を響かせるため会場に敷くそうだ。

「よう、臨戦態勢だな」

助手席に乗り込んだ新菜にジョージは言った。助手席の足元にはプチプチが付いた緩衝材が置いてある。「これなに」と尋ねると、コンパネの下に仕込むのだと返ってきた。そうすると、よりいい音が鳴るらしい。

「靴音が派手に鳴ると迫力が二割増しだからな。初心者には大事なことだ。それにしても、このペイネタの挿し方うまいな。さすが里彩」

ジョージは首を伸ばして新菜のモニョをしげしげと眺める。

「ペイネタって?」

「モニョに挿さってる飾り櫛のこと。こういうのはな、ちょっと位置がずれただけで途端にダサくなるんだよ。里彩、元気だった?」

「うん。すっごくオシャレな人だね。いろいろお喋りして楽しかった」

「あいつのことだから俺の悪口言ってただろ」

「悪口って言うか、昔の話してくれた。……ジョージに振られた女の子で被害者の会を作れそうだって」

ちょっと試す気持ちで言ってみる。ジョージは一瞬だけ背筋が冷えるほどの無表情になってから、気を取り直すように小さく笑った。

「微妙なラインで悪口だな。——さて行くか、ダンスフェス！」

スマホの地図アプリに行先を入力し、ジョージが軽トラを発進させる。

途端に、車全体ががくんと揺れた。

「おっと」

呟いて、明らかに覚束ない手つきでジョージは軽トラを動かした。たいしてスピードが出ていないのに、胸がざわつくほどの揺れ方だ。

「……ジョージ、免許持ってるよね？」

「当然だろ。日本の公道を運転するのは久々だけど」

前方の信号が赤になる。軽トラが再びがくんと揺れて止まる。「三十メートル先、右折です」スマホからナビの声が響く。

「右折ねえ。……スペインは右側通行なんだよな」

ぽつりとジョージが言った。

今日、生きて帰れるだろうか。新菜は不安になりながら、シートベルトを握りしめた。

＊

不穏にぐらつきながら走る軽トラに揺られ、太陽の光がさんさんと降り注ぐお盆の遊園地に新菜はやってきた。日差しはきついけど、標高が高いので暑さはいくらかマシだ。荒々しい山肌をさらした富士山が、腕組みするような威圧感ですぐそこに迫っている。

緩衝材とコンパネをスタッフに預け、控室がある建物に足を踏み入れる。控室は着替えがあるので男女別で、スタッフの誘導でジョージと別れた。

不安なドライブで薄れたと思った緊張と憂鬱が、途端によみがえる。弱気になるなと自分を奮い立たせても、身を隠すように背が丸まっていく。廊下を行く歩調が重くなる。

「ここが女子の控室です。トイレは突き当り」

案内してくれたスタッフに礼を言い、意を決して女子控室に入る。

控室には、さまざまな衣装を着た女の子が集まっていた。ヒップホップ系やK－POP系の服装が多い。一年ぶりの光景だ。グループで出場するのがほとんどらしく、一人きりなのは新菜だけに見える。みんな、仲間同士でなにか話したり、励ましあっている様子だ。

そんな控室で、真っ赤なユニフォームを着たひっつめ頭のグループが一際目立っている。

高城女学院高校チア部選抜、アクセラレーションだ。

新菜はなるべくアクセラレーションの視界に入らないよう、控室のすみに陣取りながら横目に様子をうかがった。

タカジョのチア部全体のユニフォームは水色で、アクセラレーションの赤い衣装を着ることはステータスだ。なにしろ、そのユニフォームを手にできるのは部内の精鋭のみ。言ってみれば、勝ち組の象徴だ。

眼球を限界まで動かしてメンバーを確認する。同じ学年の何人かが新菜に気付いてはっと手をふりかけたが、すぐに気まずそうな顔をして目を逸らした。その中心で、樹梨が威張り散らしているのが見える。

小学生のころからチアをやっていた樹梨はうまいし、すらりと背が高くて手足が長いので見栄えもする。新菜が知っている同学年のレベルからして、今期のセンターは樹梨だろう。

ギリギリまで気付かれませんように。念じつつリュックからファルダを出して身に着ける。鈴さんから借りた舞台用のファルダには大きなフリルが二段ついている。練習用ファルダと比べるとずっと華やかで、生地をたくさん使っているぶん重みもある。白いブラウスと合わせると、色合いの軽やかさがデザインを際立たせて、すごくかわいいし素敵だ。

そんな素敵な衣装を着ているのに、新菜の気持ちはどんよりと暗い。頭や肩の上に特大の低気圧が乗っているみたいだ。一秒ごとに少しずつ気分が沈んでいく。

新菜はこっそり立ち上がった。控室にいたら樹梨に気付かれるリスクが上がる。なるべく本番直前まで、トイレで時間を潰そう。

サパトスを腕に抱え、気配を消して控室を出る。そのまま足早にトイレに逃げ込んだ。個室がふたつしかないので用もないのに使うのは悪いと思い、掃除用具入れにもたれかかる。窓の外はよく晴れていて、さわやかな夏の風が吹き込んでくる。すがすがしさをちょっと分けてもらいたいくらいだ。

「――え、まじ？　畑村新菜じゃん」

憂鬱な気持ちで窓の外を見つめていた新菜に、意識の外から声がかかった。その瞬間、緊張の糸がぴんと張りつめた。

忘れもしない。この声だけは、絶対に。

「すっごい偶然。久々だね。なに、元気してた？」

嘲笑《あざわら》うような声が迫る。視線を向けると、赤いユニフォームを着た樹梨が、にたにた笑いながら近づいてきた。

「まさか学校やめるなんて思わなかったからびっくりしたよ。新菜がいないとおもしろくないじゃん。早川英美里も転校しちゃったしさぁ」

樹梨の声を一音聞くたびに、新菜の心が冷たくなっていく。

「ねえ、学校やめてどうすんの？　なにしてんの？　高校中退なんて、人生おしまいだよ？　詰みじゃん。中卒ってことだよ？」

郵便はがき

料金受取人払郵便

小石川局承認

1141

差出有効期間
2025年12月
31日まで

112-8731

〈受取人〉
東京都文京区
音羽二—一二—二一
講談社
文芸第二出版部 行

書名をお書きください。［　　　　］

この本の感想、著者へのメッセージをご自由にご記入ください。

［　　　　］

おすまいの都道府県　　　　性別　男　女

年齢　10代　20代　30代　40代　50代　60代　70代　80代〜

頂戴したご意見・ご感想を、小社ホームページ・新聞宣伝・書籍帯・販促物などに
使用させていただいてもよろしいでしょうか。　はい（承諾します）　いいえ（承諾しません）

TY 000044-2311

ご購読ありがとうございます。
今後の出版企画の参考にさせていただくため、
アンケートへのご協力のほど、よろしくお願いいたします。

■ Q1 この本をどこでお知りになりましたか。

1 書店で本をみて
2 新聞、雑誌、フリーペーパー 〔誌名・紙名 〕
3 テレビ、ラジオ 〔番組名 〕
4 ネット書店 〔書店名 〕
5 Webサイト 〔サイト名 〕
6 携帯サイト 〔サイト名 〕
7 メールマガジン 8 人にすすめられて 9 講談社のサイト
10 その他 〔 〕

■ Q2 購入された動機を教えてください。〔複数可〕

1 著者が好き 2 気になるタイトル 3 装丁が好き
4 気になるテーマ 5 読んで面白そうだった 6 話題になっていた
7 好きなジャンルだから
8 その他 〔 〕

■ Q3 好きな作家を教えてください。〔複数可〕

〔 〕

■ Q4 今後どんなテーマの小説を読んでみたいですか。

〔 〕

住所

氏名 電話番号

ご記入いただいた個人情報は、この企画の目的以外には使用いたしません。

樹梨の手が新菜の腕に伸びる。引っ張られて、サパトスがトイレの床に転がった。

「なにこのぶりぶりの衣装」

「……放せ」

「新菜、なに踊るの？　もしかして一人で踊るわけ？　すっご、勇者じゃん」

「放せって言ってるだろうが」

「怖っ。まさかまた暴れるつもり？　あ、こめかみの傷、残っちゃったんだ。隠してこれって相当じゃない？　かわいそー。せっかくまあまあかわいいのに、台無しだね」

新菜は力いっぱい樹梨の手を振り払った。サパトスを拾い上げて、そのまま走ってトイレを出る。「ミリちゃんによろしく」背後から声が聞こえて、内臓が沸騰しそうなほど腹が立った。

最悪。最悪。最悪。最悪。

せっかくメイクをしてもらったのに、目のふちまで涙が上がってくる。くやしくて、むかついて、悲しくて、感情がぐちゃぐちゃで整理がつかない。

「おい新菜、どうした」

控室からリュックをひったくって出てきた新菜に、ジョージが声をかけた。スタッフが進行の説明をするからロビーに集合と呼びかけている。本番が近い。それなのに、頭の回路が、おなかの内側が、目のふちが、全部熱くて燃えそうだった。新菜はなにも言えずに、ただ立ち止まってリュックのベルトをてのひらで握りしめた。

「どうした？」

「……帰る」

やっとの思いで新菜は言った。「おおう」ちょっとうろたえた声を出したジョージは「とりあえず座れ」と近くのベンチを指さした。

「なんかあったか？」

新菜は小さな声で事情を話した。話すごとに怒りの炎はどんどん強さを増していく。驚きのかけらもない反応から、ジョージはママからアクセラレーションのことを聞いていたのだと察した。ママもジョージも、このダンスフェスを荒療治くらいに思っているのだろうか。新菜の気も知らないで。そう考えると、余計に腹が立った。

「樹梨は」

膝の上で拳を握りしめる。てのひらに爪がくいこむ。

「ほんのちょっとも反省してない。悪いことしたなんて、思ってない」

そうか、とジョージはうなずく。

怒りで思考がまとまらない。ミリちゃんの笑い顔と、泣き顔と、思いつめた顔が、全部いっぺんに思い出される。新菜は、いじめられているあいだずっとつらかった。ミリちゃんだって同じはずだ。樹梨は、新菜からミリちゃんを奪った。ミリちゃんから当たり前を奪った。それを、どう考えても許せない。

「世の中にはそういうクズもいるよ。生きてりゃどうしようもないやつとも出会うんだ。たしかに、そういうやつと同じ空気は一秒たりとも吸いたくないね。わかるよ。だけどさ」

ジョージに背中を叩かれる。叩かれた場所を中心に、体が燃える。

「今ここで新菜が逃げ帰ったら、樹梨っていうやつはおまえに勝ったと判断するぞ。そうすればもう二度と会うことはないかもしれないけど、ずっとそのゲス女から見下されるしバカにされる。もしかしたら、学校でお仲間とおまえのことを笑うかもしれない。悔しくないのか？」

悔しい。

そう思った瞬間、怒りで熱かったおなかの中に、別の火が灯った。

「親友をいじめたやつより、自分の方が劣ってると思うなら、しっぽ巻いて帰るのもアリだ。昔の知り合いの前で醜態晒《さら》すのは嫌だろうからな。ただ、違うならしっかり戦って見せつけてやれ」

「……なにを？」

新菜は顔を上げてジョージを見た。

そのとき、一人でステージに上がるのではないと思い出した。

ジョージが新菜の目を真正面から見てにやりとする。ものすごくいきいきした、悪い顔で。

「テメェのおかげで学校やめても、楽しくやってるってことをだよ」

遊園地の特設ステージに、お茶テレの女性アナウンサーと、マスコットキャラクターのお茶っぴとお茶っぷの着ぐるみが並んでいる。ステージ脇にいるご当地タレントたちは審査員だ。出場するのは十八チームで、アクセラレーションは二番手、新菜が三番手。ついさっきまでなら最悪と思った順番だが、今は不思議と、さっさと終わってありがたいと感じる。

一番目のグループがステージに上がる。K－POP系の女の子四人組だ。観客を前にして緊張しているのか踊りが小さいし、動きが音にはまっていない。そう思いながら踊りを見ていると、隣に座ったアクセラレーションをコーチらしき女性が鼓舞しはじめた。新菜が知らない人だから、今年度からのコーチだろう。引き締まったやせ型で凛々しくて、かなり怖そうな雰囲気だ。そんな新コーチはひそひそ、というには大きめの声でアクセラレーションを励まし、メンバーは統率のとれた返事をする。それを、顧問の島原先生が見守っている。はぐれ者に居場所なんてないと言って、新菜を引き留めた島原先生が。

「ブリングリングのステージでした。とってもかっこよかったですね」

アナウンサーがステージに戻ってくる。お茶っぴとお茶っぷがとなりでゆらゆらと揺れ、ステージを去って行く女の子たちに拍手をした。

「次は、高城女学院高等学校アクセラレーションのステージです」

アクセラレーションの紹介がはじまる。出場者席から立ち上がったアクセラレーションは、見せつけるように円陣を組んだ。自信満々のふるまいで、その場の雰囲気が一気に華やかになる。

紹介が終わると、歓声を上げポンポンを振るアクセラレーションが元気よくステージに飛び出してきた。自然と拍手が沸き起こる。樹梨はだれよりも大きく腕を振り、センターに躍り出た。メンバーがそれぞれの立ち位置に着いたことを確認する。みんなでうなずきあって、チアスタンスを取った。

「ゴー！　アクセラレーション!!」

樹梨の声が高らかに響く。音楽がはじまる。

アクセラレーションの演技は、新菜が部にいたころよりずっと進化していた。手足のキレも、ピルエットの正確さも段違いだ。新菜はこっそり、アクセラレーションの新コーチを見た。厳しい顔をしたコーチは、真剣なまなざしでステージを見つめている。

「すごいな」

ジョージが思わずというように呟く。新菜もうなずいた。きっと、新菜がチア部にいたころよりもきつい練習をこなしているのだろう。新体制から二ヵ月ちょっとでこのクオリティなら、全国だって夢じゃない。

演技がクライマックスに差し掛かる。終盤での連続グランフェッテは体力がないときついところだけど、速度は少しも衰えない。

センターの樹梨は、独楽《こま》のようにぐんぐん回る。ほかのメンバーも、樹梨とぴったり揃ったスピードで回り続ける。

じっとステージに見入っていた、そのときだ。

上手《かみて》の端でグランフェッテをしていたメンバーが、バランスを崩し音を立てて転んだ。よほど痛かったのか、咄嗟《とっさ》に立ち上がれない。それでも音楽は続く。ステージ全体を使ったアクロバットに差し掛かるが、一人倒れているせいで本来のフォーメーションで動けないようだ。

新菜は樹梨に視線をやった。踊り続ける樹梨は、般若《はんにゃ》が無理やり笑っているような怖い顔をしていた。転んだメンバーがようやく立ち上がる。見覚えのない顔だから、きっと高等部から入学した一年生だ。スキルからしてチア経験者だろう。彼女はまず間違いなく、このあと樹梨に詰《なじ》られる。本人もそれをわかっているのか、かわいそうなほど泣きそうな顔をしている。

アクセラレーションの演技は、一人の転倒をきっかけにバランスを崩したまま終わった。会場に、励ますような拍手が広がる。

「さて、いよいよだ」

ジョージが立ち上がる。アナウンサーが新菜を紹介する。カメリアの新菜、この春にフラメンコをはじめたルーキーのデビュー戦。そう言われて、背筋が伸びた。登録名がちょっとダサいのは気になるけど、カメリアの人たちみんなが応援してくれているような気分にもなる。

スタッフがコンパネをステージに運ぶ。新菜は体をほぐそうと肩を大きく回した。

「緊張してるか？」

からかうような口調でジョージが言った。

「わりと平気っぽい」

新菜の即答に、ジョージはふぅん、と満足そうな顔をする。

「いいか、バレエもチアも上に伸びていく踊りだ。だけどフラメンコは、大地を踏み鳴らして下りていく踊りだ」

コンパネがガムテープで固定されるのを見ながらジョージは言う。たくらむような、ちょっと脅すような、カンテのときと同じ迫力のある声だ。不安や恐れが焼き払われていく。そう、思い込む。

「初心者なんだ、下手で上等。だけど、爪痕はがっつり残せよ」

「……わかってる」

スタッフに声をかけられる。新菜はステージに、コンパネの上に踏み出した。七割ほどが埋まった観客席から、物珍しそうな視線が飛んでくる。

出場者席で出番を終えたアクセラレーションを待つ島原先生が、ふとこちらを見た。目が合うと島原先生は、ほんの数秒のあいだ、信じられないものを見たような顔をした。

背後でジョージのギターが調子を確かめるように鳴る。それにうなずいて、腕を胸の前に伸ばし、パルマの形に手を構えた。待ってましたと、背後でジョージがギターを奏でる。

さあ見ろ、見せつけてやる。

これが、高校をやめたはぐれ者の、今だ。

胸を開いて腕全体で宙を掻き、暑い空気を切り裂く。

指を翻し、この場にいる全員の視線を手繰《たぐ》り寄せる。

力いっぱい体を使って、音楽を聞いて、ギターとカンテを乗りこなす。

だれかと向き合って踊っていると思うといい。前に、玲子先生がそう言っていた。改めて指先に集中を行きわたらせる。

ステップを踏みながら一歩近づき、一歩離れ、大きく前に踏み出してすれ違う。決めのポーズで視線を交わす。対話してるみたいだ。そう思って、新菜はミリちゃんを思い出した。肩をすくめてニシシと笑う顔を思い浮かべると、体の内側に柔らかな力が宿った。

間奏に差し掛かる。少し安心して息を吐いたことで、ずっと呼吸が浅くなっていたと気付いた。いけない。息を大きく吸って、吐いて、パルマを打ちながら二番のはじまりを待つ。酸素が行きわたったからかさっきよりも視界が広くなって、体と心が楽になった。ジョージが二番を歌い出す。

ひとつステップを踏むごとに、靴音はギャロップのように高く鳴る。その明るさに後押しされながら、滞った熱風を切ってターンする。ジョージのギターと歌声が、いいぞと煽るように弾む。

手足の先までびりびりと駆け巡っていく。腹の底に溜まった怒りと孤独が、どんどん燃えてエネルギーに変わる。発散されていくエネルギーが楽しさに切り替わる。踊るって、たぶんこういうことだ。

一番より二番、二番より三番、三番より四番。同じ形式の音楽に似た振り付けを乗せているのに、どんどん自分が更新されていく。空間を摑んで引き寄せる。さばくファルダが風を起こす。汗が伝ったこめかみの傷が、ざわりとうずく。

高校をやめても、群れからはぐれてても、人生は終わらない。終わってくれない。しぶとく生きていくしかないし、きっと、新菜はそういう強さを持っている。

最後にサパトスを打ち鳴らすと、背筋まで振動が駆け上がった。音と一緒にそれが消えた瞬間から一秒置いて、観客席から噴き出すような拍手が沸く。

新菜は玲子先生から教わったお辞儀をして、はっとジョージを振り返った。楽しそうに笑いながらギターを持って隣に出てきたジョージが、新菜を指さして、もっともっとと拍手を要求する。それに、観客たちが強く応える。

新菜は照れくさく思いながらもう一度お辞儀をした。

拍手は、二人がステージを降りるまで鳴りやまなかった。

＊

「ジョージさ、前にわたしがはぐれたんじゃなくてみんなが群れたんだって言ったじゃん」

ダンスフェスの帰り道、立ち寄ったコンビニでアイスを選びながら、新菜は言った。

「そうだっけ？」

「玲子先生を紹介してくれたときに言ってたんだよね。そのときはありがたく感じたけど、わたしはたぶん、はぐれ者なんだろうなって思う。みんなが群れたときに一緒に群れることができなければ、結局はぐれたのと同じなんだって」

ダンスフェスのあと、控室で島原先生に「なにか困ってることはない？」とそっと声をかけられた。先生の弟も高校を中退して、何年も引きこもっていたそうだ。遅れを取り戻そうと専門学校に入ってからも、苦労したらしい。

それを聞いて、自分は運がいいだけなんだろうと思った。きっと、この状況は長く続かない。それでも新菜は、後悔しながら群れるよりもずっといい選択をしたと言い続けようと決めて「今は大丈夫です」と答えた。

「わたし、学校やめたけど、今、結構楽しい」

そう言って、ハーゲンダッツのクリスピーサンドをふたつ手に取る。

「俺のおかげだな」

「なにそれ、自信過剰」

レジでお会計をする。店員に賞品のクオカードを差し出すと、ハーゲンダッツがいつもより特別ですてきなものに見えた。

ダンスフェスで、新菜は大健闘の三位に輝いた。昨年二位だったアクセラレーションはグランフェッテでの転倒とその後のフォーメーションの乱れが響き、入賞しなかった。控室では樹梨が一年生たちに当たり散らしていて、新菜は少しアクセラレーションのメンバーたちに同情した。

コンビニを出る。空の色はすっかり夕方のものだ。淡いピンクに染まった富士山は、表情がやわらいで見えた。新菜とジョージは駐車場に停めた軽トラの荷台に座り、アイスで勝利の乾杯をする。

踊ったあとにいい気分で食べるアイスの味が、体と心にしみわたっていく。穏やかな風が頬を撫でていって、少し疲れていて、いい気分だ。

「そういえば、ジョージってダンスフェスにアクセラレーションが出ること、いつから知ってたの？」

「お母さんに許可をもらうときに聞いた。やめておいた方がいいんじゃないかって言われたから、とりあえず書類だけ出してあとで考えましょうよって言ったんだ」

「……他人事《ひとごと》だと思ってるよね」

「他人事だからな」

悪びれもせずに言いながらジョージはアイスを食べる。

「で、どうだった？」

「なにが？」

「ダンスフェスに出てみて」

アイス食べるのを中断して、新菜はしばらく黙って考えた。

「なんだよその沈黙」

「丸め込まれたなって思ってる沈黙」

横目に見ると、ジョージは満足そうな顔をしている。なんだろうこの敗北感。そう思ったけど、嫌な感じは全然しない。

今日、過去になるべきものが、過去になった。勇気を出したのは、無駄じゃなかった。

新菜がそう言うと、ジョージは腹の立つ顔でウインクした。

*

「そろそろ発表会の準備をしましょうか」

ダンスフェスを終えてすぐのレッスンのあと、玲子先生が言った。

「発表会って三月でしたっけ？」

「そうよ。三月の終わりごろ。新菜ちゃんは覚えが早いし、簡単な振り付けにすれば間に合うから大丈夫。今のところ、アレグリをやろうと思っているの」

「アレグリ？」

新菜が聞き返すと、ジョージが「アレグリアス」と言ってギターを奏でた。陽気な音楽が控えめなボリュームで奏でられる。

「定番だし人気の曲種だよ」

「今弾いてるの、アレグリアス？」

「そう。長調だから明るい感じで親しみやすいと思う」

「なんかかわいい雰囲気だね」

「好感触みたいだし、アレグリで進めてみましょうか」

玲子先生に微笑まれ、新菜はうなずいた。発表会の衣装は、洋裁が得意な玲子先生のお母さんが作りたいと言ってくれているようだ。

「――どうも、お邪魔します」

話していると、突然カメリアの玄関が開いて、論くんが入ってきた。「え？　なんで論？」

ギターを抱えたままジョージが驚いた声を出す。

「ジョージ、一向に捕まらないんだもん。月曜ならここにいるってマスターが言うから」

「友達？」

玲子先生に聞かれて、ジョージは「論」とだけ小さな声で答えた。「はじめまして」論くんはにこっと微笑む。

「僕と里彩、来年の二月に挙式することになったんだ」

ジョージに向き直り、論くんは言った。突然の言葉に、ジョージが「はあ」と曖昧な音声を発する。

「おめでとうとかないわけ？」

「結婚はもう祝っただろ」

「まったく、おまえはそういうやつだよ。ジョージ、結婚式来てくれるよね？」

「どうかな。そんときの都合による」

ギターを片付けながらジョージは答えた。「あらまあ」肩をすくめながら、玲子先生は更衣室がある二階へ向かう。新菜もそれを追いかけようとしたら、論くんから「新菜ちゃんはここにいて」と呼び止められた。

「半年も先なんだから、予定なんてどうにでもなるだろ」

「俺、わりと忙しいからなあ」

「里彩とも相談したんだけど、披露宴での余興をジョージと新菜ちゃんにお願いしたいんだ」

「はあ⁉」

はじめて論くんの言葉が脳の芯を食ったように、驚いた顔でジョージが顔を上げた。

「え、論、なに言ってんの？　正気か？」

「ジョージって、僕や里彩以外の友達と繋がりが切れてるだろ？　噂になってるんだよ、ジョージがスペインで謎の歌とギターを習得したって。新菜ちゃんもフラメンコ頑張ってるみたいだし、ちょうどいいかなって」

「ちょうどいいって……。適当に説明しとけよ。噂の出どころ、どうせおまえだろうが」

「まあね。というか僕、ジョージがフラメンコやってるところをちゃんと見たことないから、興味あるんだよ」

「だったら来年の発表会に呼ぶから」

「なあ、頼むよ。余興もそうだけど、新郎の友人代表挨拶、おまえ以外に適任いないだろ」

ジョージの顔色がだんだん悪くなっていく。黒々した目が動揺して泳いでいる。

「挨拶は……多々良《たたら》とかに頼めよ」

「多々良は酒癖が悪いから怖いよ。なにを言い出すか」

「……悠太《ゆうた》とか」

「あいつは大阪で就職したから、ここしばらく付き合いが薄いんだ。ほら、ジョージしかいないんだって。ねえ新菜ちゃん、披露宴で踊ってよ。おいしいご馳走食べられるよ」

「いやでも、わたし関係ないし……」

「いいっていいって。きっと盛り上がるよ。それに、新菜ちゃんがいないとジョージは絶対に拒否るから。ね？」

「……そこまで言うなら、わたしはべつにいいですけど」

新菜が言うと、ジョージが特大のため息をこぼした。論くんがちょっと怖い顔をする。

「なんなのジョージ、僕と里彩の結婚式に出るのがそんなに嫌なの？」

「嫌ってわけでは……」

「ならいいじゃん。みんな、高校時代のことなんて忘れてるよ」

それに、ジョージは息みたいに小さな声で「まさか」と言った。ほとんど聞こえなかったけど、たしかに言った。そうして観念したように、降参、と両手を振る。

「わかったよ。友人代表挨拶と余興な。やってやるよ」

気が重そうに承諾したジョージに、論くんはさわやかに礼を言うと踵を返した。

「詳細はまたＬＩＮＥするから、ちゃんと返事しろよ」

そう言ってカメリアを足早に出ていく。うなだれてため息を吐いたジョージは追い払うように手を振った。

「お友達、帰った？　って、ジョージくん、なんでそんなにげっそりしてるの」

二階から顔を出した玲子先生が言う。ジョージは虚《うつ》ろな目をして、

「論の披露宴で友人代表挨拶して余興することになった」

と言うと、さっきよりも大きなため息を放った。

「あーらま」

笑い声と一緒に眉を上げた玲子先生は「年貢の納めどきねえ」と言ってまた二階に引っ込んだ。

「ジョージ、論くんのこと嫌いなの？」

「んなわけあるかよ」

答えて、ジョージは椅子の上にふんぞり返る。「気が乗らねー」と言う顔は、わずかに泣きそうなようにも見えた。

「あのさ」

もしやと思い、新菜はそっと尋ねた。

「逆に、論くんがすきなの？」

その質問をきっかけに、その場の空気が瞬間冷却したみたいに固まった。向けられたジョージの目が、暗くて冷たい。

「そういうこと聞くな」

「あ、ごめ」

「べつにいい」

謝り終えるより先にそう言われて、音を立てて扉が閉じたのを感じた。はじめからずっと開け放たれていた、ジョージという人間の扉が。

「さっさと着替えて帰れ。今日はこのあと雨だから」

ジョージは俯きながら言った。新菜はなにか言おうとして、結局何も言えず、うなずいて二階へと階段を駆け上った。

夕闇が近付く踊り場の窓の外で、最後の力を振り絞ると言わんばかりに、蟬がわめきながら宙を舞っている。重い曇天の下、風にあおられ、死にかけの体が窓にぶつかった。

それきり、鳴き声が聞こえることはなかった。

秋

孤独な夜のレトラ

レッスン室にアレグリアスが満ちている。

喜びを意味するアレグリアという言葉が語源とされるアレグリアスは、楽しげで明るい曲調だ。玲子先生が考えてくれた振り付けも可愛らしく、ノリがいい。

また、本来はしっとりと哀愁ただようパートを含むのが一般的なアレグリアスだが、披露宴でも踊るため抜きになった。そのこともあって、全体の疾走感が強調されている気がする。

曲の終盤、ステップの見せ場であるエスコビージャから、テンポが速いブレリアへ移行するとき、新菜はいつも、ぐんぐん風を切るのにも似た爽快さを感じる。心が逸《はや》る速度で靴音を鳴らし、ターンしながら舞台袖にはけるのはいい気分だ。

ティリティトランタンタン。ブレリアのパートで繰り返されるフレーズは、歌い出し《サリーダ》にも使われる。アレグリアスと言えばこれという、代名詞的な部分だ。陽気な魔法をかける呪文みたいに聞こえるフレーズはメロディーのキャッチーさもあって、気付くとときどき口ずさんでいる。新菜はアレグリアスが好きだ。明るい曲調は好みだし、踊っていて楽しい。

だけど、しっくりこない。

レッスン室の鏡に映る自分の姿は、フラメンコというより創作ダンスを踊っているみたいに見える。フラメンコらしい空気感が、自分の踊りからはどうしても感じられないのだ。

「オレ！　振り付けが頭に入ってきたみたいね。いい感じよ。今日は以上です。お疲れさま」

小さく拍手をしながら玲子先生が言う。新菜は一礼しつつ、ほんとにいい感じなのかな、と首を傾げた。

「あら、もしかしてピンときていないところがある？」

にっこり笑って玲子先生は尋ねる。それに新菜は、違和感とも言いきれない感覚を、ぼそぼそと伝えた。

「なるほどね。新菜ちゃんはコンパスを摑めていないから、そう感じるんでしょうね」

玲子先生が鏡越しにジョージを見て「ブレリアの部分だけお願い」と声をかける。

ジョージがギターでラストのブレリアを奏で、歌いはじめる。それに合わせて踊る玲子先生の体は、新菜とは比べものにならないほど音楽に乗っていて、ギターともカンテとも一体だ。体の動きやアクセントのつけかたが自然で、さらりと踊っているだけなのにこちらの気持ちも沸き立つような迫力がある。

「コンパスがわかると、踊りの強弱の付け方もわかるの。そこを、新菜ちゃんはフラメンコっぽく感じるのね。いいセンスしてるわ」

「十二拍子っていうのはわかるんですけどね。音楽のサブスクで、たくさんプレイリストを聞いたから」

アレグリアスのコンパスはソレア系、三拍子と二拍子が混ざったリズムだ。頭では理解しているのに、その通りに踊れるかどうかは別らしい。フラメンコの独特の振りを熟《こな》すことに精一杯で、リズムに乗りきる余裕がないのだ。それに、コンパスを理屈で把握しているだけで、そこにある躍動を感じてはいない気がする。

「今の時点でそれだけわかってりゃ上等だよ」

歌を中断してジョージが言った。踊るのをやめた玲子先生も「そうねえ」と首をかしげる。

「向上心は大切だけど、最初からハードルを上げすぎると苦しくなるわよ。そうだ、次からは踊りの強弱の付け方を振り付けの一部として考えてみましょうか。そうすればきっと、見た目はそれらしくなると思う」

それって結局創作ダンスと同じでは、と思いつつ、新菜はうなずいた。そもそも異文化の音楽に触れているのだから、そう簡単にすべてを習得できるわけがない。玲子先生がクールダウンのための伸びをするので、それにならって肩や手首をほぐしていく。

「となると……最初のジャマーダはもう少し踊りやすくした方がいいかもしれないわね。ジョージくん、サリーダからジャマーダまで、ちょっと歌ってくれる？」

玲子先生に声を掛けられ、ジョージが「はいよ」とギターを鳴らす。

前奏から、独特のサリーダへ。はじめのポーズを取ってパルマを打っていた玲子先生がジャマーダをかける。歌を含むパートであるレトラを呼ぶ合図のジャマーダは、素敵な振りだけど間の取り方が難しく、新菜が苦手なポイントだ。迷うように踊った玲子先生は「やっぱりここ、変えた方がいいわね」と呟いた。

「新菜ちゃん、次あたりジャマーダが変わると思う。もしいまいちだったらまた教えてね」

「わかりました。楽しみです」

タオルで汗をぬぐいながら、新菜は階段を駆け上がって更衣室に向かう。階下のレッスン室からは、またサリーダが聞こえてくる。

ティリティトランタンタン。

サリーダは、魔法をかけるような明るさで響く。

そのはずだ。だけど、今のジョージが歌うととてもそうは聞こえない。

ここしばらく、ジョージの様子が明らかにおかしい。炎が草木を焼き払っていくような力強さが、カンテからもギターからもすっかり消えてしまった。迫力があるにはあるのだが、人々を沼地に引きずり込むみたいに不気味で湿った感じで、今までとはまるで雰囲気が違う。明るく陽気なアレグリアスの根本にどん底まで落ち込んだ憂鬱が見え隠れして、喜びというより空元気だ。

ジョージがおかしくなったのは、論くんが結婚式の話を伝えに来た日からだ。

更衣室でファルダからジーンズに着替えた新菜は、リュックのポケットからメモを取り出した。このままジョージからもらったもので、アレグリアスの曲構成とレトラ部分の歌詞が書いてある。詞も曲もジョージのオリジナルだそうだ。

歌詞はスペイン語で書かれていて、その上にカタカナで読み仮名が振ってある。構成を掴むのに苦労している新菜を見かねて書いてもらったのだ。

――どうせなら歌詞を訳してよ。

新菜が催促すると、ジョージは芝居がかったキザな仕草でメモを見てから鼻で笑った。そういうところはいつもと同じだけど、真っ黒な目がどこか陰っていた。

――語学学習でもすれば？　高卒認定受かったんだし、暇だろ？

ごもっとも。だけど、スペイン語なんて挨拶すらわからない。英語の勉強とは比べ物にならないほどハードルが高く思えて、ずっと二の足を踏んでいる。

論くんがすきなの？

あの日、新菜はたぶん聞いたらいけないことを聞いたのだろう。その負い目もあって、なんとなくジョージに遠慮がある。学校に通っていない新菜にとって、ジョージは気安く話せる貴重な他人だ。これでは毎日の楽しさが半減してしまう。

「アレグリアスとは思えないわよね、あなたのカンテ」

メモをポケットにしまい、帰ろうと階段を下りかけたそのとき、階下から玲子先生の声が聞こえた。とっさに足音を殺して聞き耳を立てながら、薄暗い踊り場で気配を消し膝を抱える。

「この状況でハッピーに歌えって方が無理じゃない？」

「かもしれないけど、長調にあるまじき陰気さよ。引き受けたならしっかりやりなさいよ、プロでしょ」

「プロって呼ぶなら、玲子先生もオーナーに時給アップかけあってよ。最低賃金のわりには働いてると思うけど。意外と時間外労働も多いし」

「商売としてのプロじゃなくて、芸術家としてのプロって話」

沈黙が流れた。「やりがい搾取は嫌いかな」ジョージの声が負け惜しみみたいに響く。

「才原譲司《さいばらじょうじ》は魂のカンタオール」

玲子先生の言葉に対する返事はない。

「そうやって紹介されて、その通りだと思ったから、あなたと組んでるの。ギターも弾ける便利屋だから、選んでいるわけじゃないのよ。わたしはあなたというカンタオールを育てたい。でなけりゃ組まないわよ、ジョージくんよりうまいカンテもギターも、いくらでもいるもの」

「褒めるのか貶《けな》すのかはっきりしろよ」

「そっちこそ、大人ぶるのがつらいなら、開き直ってわがままになりなさいよ。自分のために生きればいいじゃない」

完璧に出て行くタイミングを逃した。いつまでここに隠れていればいいんだろう。そろそろ帰らないと不自然なのに、この状況で階段を下りる勇気がない。

「……略奪婚できる女に俺の気持ちはわからない」

「でしょうね。同性婚が可能になっても、ジョージくんに他人のものを奪い取る根性なんてないもの」

乾いた笑い声が聞こえる。ジョージの声だ。なにかを諦めているようにも、状況をおもしろがっているようにも聞こえるその声は、聴いているだけで悲しくなるほどだった。

「皮肉ってのは言うもんじゃないね。カウンターパンチがでかすぎる」

「相手を間違えたのよ。普通なら結構効いたと思うわ」

ジョージがまた笑う。今度はさっきより少し明るい声で安心した。玲子先生がため息を吐く。

「頼むから、その歳でそんなに悟り切った顔をしないで。あなた、まだ二十八でしょう」

それを聞きながら、新菜は不思議な気持ちになった。

十七歳の自分は、あと十年経っても「まだ」と言われる年齢なのか。それなら人間はいつ、大人になるんだろう。

ジョージはなにも言わない。少なくとも、新菜のところまでは聞こえない。玲子先生が「あのね」とやさしい声で言った。

「あなたはこれから、どんな自分にだってなれるのよ」

*

玲子先生の自宅は、駅から少し離れた住宅街の一角にあった。ちょっとくたびれた感じはあるけど大きな二階建ての家で、銀色のステーションワゴンが停まった駐車場の横に、庭を潰して作ったらしいまだ新しそうなスロープがついている。

チャイムを押そうとしたところで、玄関から玲子先生が出てきた。「リビングから見えたのよ」と言われて視線を動かすと、レースのカーテンがかかった窓の向こうに、車椅子に乗ったおばあさんの姿がうっすらと見えた。

「どうぞ上がって。母、何日も前からすごく張り切ってるの。たぶんちょっとうるさいけど、大目に見てあげてね」

くいっと眉を上げた玲子先生に、家の中へ迎え入れられる。

フラメンコでステージに立つには衣装が必要だ。すごくうまい人ならシャツとパンツのようにラフな恰好で踊るのも素敵だけど、初心者の新菜がそれをしたら、まずフラメンコとは思ってもらえないだろう。

ただ、衣装は買うとなるとかなり高価らしい。レンタルするにしても、布をたくさん使うからか、あるいはフラメンコ人口が少ないからか、バレエよりもずっと高くつくことがほとんどだそうだ。

そこでぜひと手を挙げてくれたのが、玲子先生のお母さん、絹子《きぬこ》さんだ。若いころは洋裁の先生だったそうで、一着くらいなら作りたい、お金は生地代だけでいいと申し出てくれたらしい。そうは言っても……、と新菜は遠慮しようとしたが「豪華で見栄えのする衣装は、十万じゃ買えないわよ」と玲子先生に言われ、ママと相談してありがたくお言葉に甘えることにした。

「少し認知症があってね。同じ話を何度もするけど、それさえ目をつぶればただの陽気なお年寄りだから。話が嚙み合わないことがあっても、あんまり細かく指摘しないであげてね。と言いつつ、それが結構難しいんだけど……」

「認知症になっても衣装を作れるんですね」

「若いころからの技術はまだ衰えていないみたい。体に染みついているのかもしれないわね。わたしが着てるワンピースも、母が作ったの。安心して、腕はたしかよ」

玲子先生はワンピースの袖を引っ張ってみせた。コスモス色の生地をたっぷり使ったワンピースは、やわらかな曲線のシルエットを描いていて、色も形も首元のカットも、玲子先生によく似合っている。

「お母さん、新菜ちゃんが来たよ」

リビングのドアを開けながら玲子先生が言った。絹子さんはレース編みから顔を上げ、老眼鏡の位置を調節するとふんわりと顔をほころばせた。

「あらぁ、かわいい子ね。ポニーテールが似合うわ。明菜《あきな》ちゃんみたい」

明菜ちゃん？　と思った新菜に、玲子先生が「昭和のアイドルのことよ」と助け船を出す。

こっちにいらっしゃい、と傍らの椅子を指さされ、新菜はおそるおそる座った。絹子さんは八十代後半くらいだろうか。新菜のおじいちゃんやおばあちゃんよりも、十歳は年上に見える。ここまでのお年寄りと接するのははじめてだ。

絹子さんは新菜が自己紹介すると、また「明菜ちゃんみたいね」と言った。お土産のプリンアラモードも喜んでくれた。それからもう一度自己紹介をはさんで、玲子先生が立ちあがり、注文した生地を持ってくる。

このまえ玲子先生と相談して選んだ衣装の生地は、朱色にターコイズブルーの水玉模様のものだ。華やかでパンチのあるコントラストに惹かれてこれと決めた。「いい色合わせね」と言い、絹子さんは新菜に生地を当ててみるように指示する。

「いいわぁ、似合う。明菜ちゃん、センスがいいわ……」

「新菜です」

「そうそう、新菜ちゃん。やっぱり若い子には明るい色がいいわね。若さがね、色に負けないのよ。いくつかデザイン画を描いてみたんだけど、あなたはどんな感じが好み？」

テーブルに置いたスケッチブックを指さされる。新菜はそれを手に取るとページをめくった。

何パターンも、豪華な衣装のデザインが描いてある。

「すごい……かわいい」

「新菜ちゃんは首が細くて長いわね。きっとスカーフを巻くと素敵だと思うわ。となると、襟元は詰まってない方がいいかしらね。腕もすらっとしているし、五分丈の袖にフリルをたくさんつけるのもきっといいわよ。全体的に華奢《きゃしゃ》な感じだからマーメイド型のスカートよりフレアがおすすめね。前に玲子の衣装で使ったターコイズブルーの生地がまだいくらか残っているから、それを使ってアクセントを持たせてもきっとおしゃれだわ！」

「お母さん、落ち着いて」

玲子先生が笑う。「落ち着いていられますか」絹子さんは老眼鏡の奥の目をきらきら輝かせた。

「大作を作るのも、若い子が着るものを作るのもひさしぶりなのよ、五十年ぶりよ！」

「そこまで久々じゃないと思うけど」

「新菜ちゃんはね、首が長いからスカーフを巻くときっと素敵よ。腕も長いし、身長もあるし、どちらかと言うと痩せ型だからフリルをたくさんつけると豪華に見えるわ。わたし、若い子がゴージャスにしているのって大好き。フラメンコの衣装っていいわよね、たくさんフリルをつけてふりふりすぎるくらいでも収まっちゃうんだもの。――そういえば、新菜ちゃんっていくつ？」

「十七です」

「すてき、楽しい時期だわ。学校はどこなの？」

新菜が答えると絹子さんはほんの数秒きょとんとして、ちょっとだけ眉を下げた。

「行ってないです。やめちゃって」

「それならお友達に会えないから退屈ね」

「ほんとです。もうすぐ友達に会いに福岡まで行くけど、一年以上ぶりの再会なんです」

「福岡！　いいわねえ。おいしいものをたくさん食べて、楽しんでいらっしゃい」

それからほぼ同じやり取りを三回ほどして、新菜が着る衣装のデザインは、絹子さんイチオシのスカーフと五分袖のトップスと、フリルを三段つけたフレアタイプのファルダになった。絹子さんはワンピースにしたほうが絶対にかわいいと言ったが、そこは玲子先生が「ツーピースなら着回しが利くでしょ」と主張し却下された。無地のシンプルなブラウスを買えば、ファルダと合わせて控えめなステージでも使えるというわけだ。

「そういえば、玲子先生にフラメンコをすすめたのって、絹子さんなんですよね」

「ええ。よく覚えてるわ。バグダッドのレストランで、フラメンコを見たの。情熱的だった。

ダンサーの女の子が美人でね。黒髪で目鼻立ちがくっきりして、エキゾチックな子だったわ。山吹色のドレスが肌の色に映えて、よく似合っていたの」

「お母さん、たぶんそれマドリッド。バグダッドはイラクだから」

玲子先生がすかさず訂正する。「そうだったかしら？」首を傾げて少し黙った絹子さんがはっとして楽しそうに笑った。

「そのレストランでショーが終わってからね、食事をしていたおじいさんが、ギタリストに声をかけたの」

そう語る絹子さんが、ぐっと若返ったような気がした。輝く目の雰囲気が、さっきまでよりどことなく潑剌《はつらつ》としている。

「それでね、おじいさんがステージに上がるのよ。歌手とギタリストが音楽を再開させて、なんだと思ったら、そのおじいさんが踊り出したの。腰は曲がっているし、動きだってにぶいし、さっき踊った女の子と比べたら雲泥の差よ。だけどね、レストランにいた人たちも、歌手もギタリストも、すごく楽しそうだったし、どんどんあたたかい雰囲気になっていった。わたしも、なんでかよくわからないけど楽しくなって、ワインを追加で頼んだわ。スペインのワイン、おいしいのよ。いくらでも飲めそう。飲みながら、ガイドさんにあのおじいさんはどうしたの？　って聞いたら、奥さんのお誕生日だったんですって。だから、彼女のためにちょっとだけ踊らせてほしいって頼んだそうなの」

うっとりと絹子さんは言う。「たくさん旅行をしたけど、あんなに楽しい夜はなかったわ」と語る表情は、今まさにおじいさんのステージを見ているみたいだ。

「フラメンコってこんなに愛情いっぱいで、素晴らしいのね。わたしも踊ってみたいけど、運動は苦手だし……、そうだ、玲子にやらせればいいじゃないって気付いたのよ。我ながら名案ね」

「その話、はじめて聞いたんだけど」

意外な顔をして玲子先生が言う。「そうだったかしら?」そう言って考えるように黙ってから、絹子さんはちょっと意地悪な顔をした。

「でも玲子、あなた天邪鬼《あまのじゃく》だから、こんなことを言われたらフラメンコはやらなかったわよ」

採寸を終え、デザインを確認した絹子さんは、仮縫いが終わったらまたいらっしゃいと言った。それから三人でお茶をしている途中で、絹子さんはまた、タブラオで踊るおじいさんの話をした。

一度目と同じ内容だけど、一度目よりずっとずっと、楽しそうに話してくれた。

*

新菜にとってこの秋最大の楽しみである、二泊三日の福岡旅行を来週末に控えた金曜の夜。

ミリちゃんと行く場所をスマホで予習していると、見計らったように着信音が響いた。ミリちゃんから電話だ。

「もしもしミリちゃん？」

うきうきした気持ちで新菜は電話に出た。

だけど、すぐに返事がなかった。少しして『……ニナちゃん？』と消えそうに掠れた声が返ってくる。

「ミリちゃんどうしたの？」

『……ごめんね。こっちに来るの、また今度にしてくれないかな』

新菜の心をふわふわ浮かび上がらせていたいくつもの風船が、一気にしぼんだみたいだった。現実に引き戻されるように空から急降下して、あっというまに足裏が孤独という地面につく。

「どうして？」

『ちょっと調子が悪いんだ』

そう言ったきり、ミリちゃんは黙った。

新菜も頭が真っ白で、しばらく黙っていた。

ミリちゃんに会えない。やっと会えると思ったのに。

ずっと、夏からずっと、楽しみにしていたのに。

「調子が悪いって……風邪とか？」

やっとの思いでそう尋ねると、通話越しのミリちゃんは口ごもった。

「……もしかしてミリちゃん、わたしに会いたくない？」

『そんなことないよ』

弱々しい声で、だけど食い気味にミリちゃんは言った。

『ニナちゃんに会いたくない日なんて、ないよ』

ミリちゃんの声が震えている。『もう最悪』小さな声がかすかに聞こえる。

大丈夫？　と尋ねようとした瞬間、ミリちゃんが鼻をすすった。

『全部めちゃくちゃだよ』

振り絞るみたいにミリちゃんはそう続けた。うぅっ、と引きつった呼吸が聞こえたと思ったら、すぐに泣き声が伝わってくる。

『手は洗いすぎでボロボロだし、アルコール消毒はしみるし、ニナちゃんに会えないし、なんにも楽しくない。しんどいだけ。なんでこんなことになってるの？』

ミリちゃんは言った。福岡においでよ、と明るく誘ってくれたときのミリちゃんとはまるで別人で、新菜は驚くあまり喉がぎゅっと絞まるような感じがした。言葉の終わりがそのまま嗚《お》咽《えつ》に変わる。

スマホの向こうからミリちゃんママの慌てた声が聞こえた。どたばたと音がして、通話が切れる。

新菜がスマホを握りしめたまま呆然としていると、またミリちゃんから電話がかかってきた。ミリちゃんのスマホからだけど、通話の主はミリちゃんママだった。

『新菜ちゃん、びっくりさせちゃってごめんね』

ミリちゃんママがそう言う声のうしろから、ミリちゃんが号泣している声がかすかに聞こえる。新菜はしばらく口ごもってから、やっとの思いで「大丈夫」と返事をした。

『じつは先月くらいから具合が悪くて。一時的なものかと思っていたけど、なかなか調子が戻らなかったの。病院でお薬をもらってるんだけど、体質にあわないのかあんまり効果がなくて。ごめんね、もっと早く言えばよかったね。こんなぎりぎりになっちゃって』

「ううん。……大丈夫」

それだけしか言えないことが悔しかった。

新菜はようやく、体調が悪いミリちゃんがどうにかして自分に会おうと頑張ってくれていたことを理解した。ずっと一緒にいたミリちゃんのことだ、一度理解してしまえばはっきり想像できた。心の病気のことはよくわからないけど、新菜に会いたいと焦る気持ちにも、ミリちゃんは追い詰められていたのかもしれない。今、ミリちゃんは本当に悲しくて、申し訳なくて、新菜以上に残念な気持ちでいるのだろう。

それでも新菜は、なにひとつ上手な励ましを言えないのだ。

ミリちゃんママはごめんね、と何度も何度も謝ってから、落ち着いたらまた連絡すると言って通話を切った。画面が消えたスマホを握りしめてぼんやりしているうちに、ママが仕事から帰ってくる。

「ちょっと新菜、どうしたの」

新菜はいつも通りソファに座っているだけだけど、ママはぎょっとした顔だ。

「……福岡行き、なしになった」

小さな声で新菜は言った。そう言ったことで、さっきの電話が全部本当のことになった気がした。最初から本当なのに、この瞬間まで悪い夢や妄想だと思い込みたかったのだと、遅れて気付いた。

「ミリちゃん、調子悪いんだって……」

「そっか」

ママは残念そうな顔で微笑んだ。

「じゃあ、別のところに旅行しようよ。東京とか、横浜とか。関西方面もあんまり行ったことがないから楽しそうだよね。ちょっと急だけど、探せばホテルもあるだろうから」

「いいよ。お金もったいない」

気持ちがどんどんしぼんで、ぺしゃんこになる。ミリちゃんが苦しんでいるのに、新菜は隣にいてあげることも、元気づけてあげることもできない。

「……ごはんいらない」

呟きながら部屋に入り、電気もつけずにベッドに倒れ込むと、沼に沈むように気持ちが暗くなっていった。

スマホのロックを解除する。さっきまで見ていた博多の観光案内ページを消した。ブックマークしていたお土産情報も、電車の乗り換えの検索履歴も、全部消した。

このまま一生ミリちゃんに会えなかったらどうしよう。

そんな不安が胸をよぎって、涙をこらえるために枕に顔を埋めた。

*

次のレッスンのあとで福岡旅行が中止になったことを伝えると、玲子先生は「残念ねえ」と自分のことみたいに肩を落とした。

「だけど福岡はいつでもいけるし、お友達にだってこれから何回でも会えるわよ」

本当にまた会えるだろうか。不安に思いつつ、新菜は浅くうなずいた。

「ただ、来週はわたしも用事を入れちゃったから、レッスンできないのよね。ごめんなさいね」

「いいえ、お休みでって頼んだのはこっちなんで。たまには本でも読んで暇潰しをしようと思います」

「暇なら、うちの店に来いよ」

そう言ったのは、最近はやりの音楽をフラメンコ調にして弾いていたジョージだ。

「お茶テレの『突撃!満腹グルメ』って番組、知ってるか?」

「たぶん、このへんの人はだれだって知ってるよ」

『突撃!満腹グルメ』は、日曜日の夕方に放送される地元密着のグルメ情報番組だ。ママやパパが若いころからずっと続いている看板番組で、県民ならだれもが一度は見たことがあるだろう。

「取材が来るんだよ、うちに。来週月曜の昼間」

「へえ、すごいじゃない。お父さん喜んでるでしょう」

玲子先生に言われて「心臓発作起こしそうなほど喜んでてうざい」とジョージは顔をしかめる。

「テレビの取材なんてなかなか見られないし、せっかくだから遊びに来いよ。ちょっとした社会科見学になるんじゃないの?」

「……行く」

テレビカメラも見てみたいし、きっと番組の出演者にも会えるはずだ。知り合いの店に取材が来るなんて、なかなかあることじゃない。かなり興味がある。

「じゃあ、十一時半くらいに店まで来い。昼飯はなんか作ってやるから」

「わかった、楽しみ」

返事をしながら、今度ミリちゃんに会えたらこれはきっと話のネタになると思った。

また会える、絶対に会う。そのときにミリちゃんをたくさん笑わせられるように、おもしろい話題を集めておこう。

*

次の月曜、新菜がキッチンさいばらに行くと、店の前の椅子に坊主頭の男の人が座っていた。六十歳過ぎくらいだろうか、座っていてもわかるほど、背が高くて体格がいい。コック服のまま、世界のすべてを憎んでいるようなしかめっ面で煙草を吸っている。

しばらく看板の陰に隠れて様子をうかがっていると、店からジョージが出てきた。怯えている新菜を見て、一瞬ばかにするように笑う。入ってこい、と手招きされて恐る恐る入口に近付くと、坊主頭の料理人が顔を上げた。

「この人は萩《はぎ》さん。うちの副店長」

ジョージに紹介されて、新菜は小さな声で名乗りつつ会釈をした。萩さんはするどい眼光を新菜に向け、新菜よりも小さな声でぼそぼそと挨拶した。

「今、親父がパスタ作ってる。取材は一時前には来るらしいから、早めに食おう。腹減ってる？」

「減ってる」

店内に入ってすぐに、ミートソースのいいにおいがした。奥のテーブルにつくと、厨房が近いからかいいにおいもぐっと近くなる。

「萩さん怖いだろ」

新菜の正面に座ってジョージが笑いまじりに言った。萩さんがまだ店の外で煙草を吸っているのを確認してから、新菜は控えめにうなずいた。

「かなり怖い。なんて言うか、やくざっぽい」

「いい人だから安心しろ。今日も、新菜のために追加でデザート作ってた。萩さん、元パティシエなんだ」

あの強面《こわもて》のおじさんがパティシエだったのか。人は見かけによらない。

少しすると、厨房からミートソースパスタの大皿を持ったマスターが出てきた。

「おう、よく来たな」

豪快に大皿をテーブルに載せ、マスターは言う。新菜の返事も聞かず、大声で店先の萩さんを呼び、椅子を持ってきて腰かける。顔も声も背格好も雰囲気も、ジョージはお父さん似だ。あまりにそっくりなので、思わず見比べてしまう。

をした。

「どうした？」

「いや、似てるなと思って」

それを聞いて、ジョージとマスターはまったく同じと言っても過言でない、心底嫌そうな顔をした。

「俺のほうがずっと男前だけどな」

マスターが自信満々に言う。どうやら性格まで似ているらしい。

煙草を吸い終わった萩さんも席に着いた。ミートソースパスタはひき肉がたっぷりでボリュームがあるけど、味付けに家庭的なやさしさがあっていくらでも食べたくなってしまう。「うまいだろ」マスターは誇らしげだ。

「おいしいです。食べ過ぎちゃいそう」

「いっぱい食べろよ。若者は食って育つのが仕事みたいなもんだ。食べ過ぎなんて気にするな」

マスターは嬉しそうに笑って、新菜の取り皿に追加のパスタを盛る。

「こいつは隙あらば店をスペイン料理屋にしようとするけど、やっぱり日本人はこういう定番の洋食のほうが好きだと思うんだよ。スペイン料理なんて、ニンニクとオリーブオイルばっかりで、芸がないだろ？　こっちの方がずっと深みがある」

「時代の流れをわかってないな。これだから老人は」

ジョージが鼻で笑う。マスターの目がぎろっと光った。

「なぁにが時代の流れだよ。そういう目に見えないもんをわかった顔してるやつから振り落とされるんだよ世の中は」

「目に見えるだろうが。静岡の外食市場の中でスペイン料理屋は数が少ない。よくある洋食屋よりも競争相手が少ないぶん、勝算がある。タブラオにすれば、なおさら差別化できるしな」

「なんだよ、いっちょまえに屁理屈こねやがって。タブラオってのはフラメンコのショーパブみたいなもんだろ。いまどきはやらないし、スペイン料理は単価が高いだろうが。客が減るぞ」

「屁理屈こねてるんじゃなくてマーケティングの話をしてんだよ。タブラオ化は非日常の演出になる。たしかに単価は上がるけど、特別感に金を払う人は多い。逆に日常的な出費は抑える傾向があるだろ。むしろ今後、家庭的な洋食の方が生き残りが難しくなるかもしれない」

「どこ情報だよ、それ」

「ネット見てりゃ肌感でわかるだろ」

「ネットに答えがあると思うなよ」

「ネットを見下すのはフリック入力できるようになってからにしろよ、おじーちゃん」

ジョージが再び鼻で笑ったことで、舌戦が加速する。まったく歩み寄りの姿勢を見せないところが似た者同士だ。萩さんはこの親子喧嘩に慣れているようで、我関せずの態度で黙々とパスタを食べ、新菜が食べ終わったタイミングでデザートを持ってきてくれた。

「あの、お茶っ葉テレビの者ですが」

それぞれに罵倒の語彙《ごい》が尽きたのか、喧嘩の火力が衰えたころ、店の入口から声がかかった。「ああどうも」マスターが勢いよく立ち上がる。

「皿洗うか」

ジョージも空になった大皿を持って立ち上がった。萩さんは「煙草吸ってくる」と独り言のように言って、裏口へ消えた。

「ねえ、ジョージもテレビに出るの？」

厨房までついていって新菜は尋ねる。「親父だけ」とジョージは答えた。

「こういうレトロっぽい店は、従業員もレトロなほうがいいらしい」

マスターが聞いたらまた喧嘩になりそうなセリフだ。

厨房から首を出して、ホールをのぞいてみる。カメラや照明、マイクなど、大きな機材を持ったスタッフがぞくぞくと入ってくる。チラッと見えた出演者は、ずっと番組にレギュラー出演しているお笑い芸人だ。

「すごい。ジョージ、ほんとにテレビだよ」

「親父が浮かれてないか見張っといて」

皿を洗いながらジョージは言う。新菜はこっそり、しかし興味津々にスタッフが撮影の準備をするところを見守った。マスターは、浮かれているというよりは緊張している様子だ。

「そういえば今日、なんの料理を紹介するの？」

「ナポリタンだってさ」

皿を洗い終えたジョージも新菜の横からホールを覗き込む。

「まじでテレビだな。カメラがでかい」

「お客さん増えるといいね」

「ほんとだよ。バズらねえかな」

スタッフの一人がマスターにピンマイクをつけ、別のスタッフが撮影の流れを説明している。

「調理しているところを撮影したいので、才原さん、厨房へお願いします」

スタッフに言われ、緊張で表情をこわばらせたマスターがやってくる。新菜とジョージは、入れ替わりにホールへと移動した。

「すごいね。テレビってこうやって撮影するんだね」

「ああ……そうだな」

新菜が声をかけると、ジョージはぼんやりと上の空に答えた。「ジョージ？」見上げると、厨房へとなだれ込むスタッフたちを見つめて青い顔をしている。

「……どうした」

煙草休憩から戻ってきた萩さんがボソッと尋ねた。厨房からはスタッフがマスターにあれこれ指示を出す声が聞こえる。

「べつに」

消えそうな声で答えたジョージは、逃げるように店の外へ出て行った。

番組の撮影は、手際のいいスタッフたちによっててきぱきと行われた。マスターがナポリタンを作っているところと並行して出演者が店を見つけるシーンを撮影し、それから食事シーンに移る。オーバーリアクションが芸風の出演者は、マスターのナポリタンを褒めちぎった。新菜も厨房であまりを味見させてもらったけど、たしかにおいしい。ママが家で作るナポリタンとはなにかが違う。萩さんによると、ケチャップが自家製なのだそうだ。

撮影が終わると、スタッフたちはやはりてきぱきと片付けをはじめた。ちゃっかり出演者と握手してもらった新菜は、得をした気分だ。マスターは気疲れをしたのか、厨房に戻ってため息を吐く。

「タレントってのは、毎日撮影するんだから大変だろうな」

「放送、楽しみですね」

新菜が声をかけると、マスターは「録画して親戚中に配らないとな」と言ってにやりとした。萩さんがあきれたように軽く肩をすくめる。

「あー疲れた。おい譲司、あとのことは任せたからな。スタッフの話聞いとけ」

マスターはすっかり一仕事終えた顔だ。ジョージに声をかけ、住居があるらしき二階へと続く階段に消える。

「おい店主、最後までやれよ」

ジョージが言い返すが「ＳＮＳ利用のことなんて俺にはわからん」とマスターは聞く耳を持たない。

「……まじかよ」

小さな声で呟いたジョージは、厨房から顔を出して撤収作業を進めるスタッフを見た。比較的若手の男の人が「原状回復、確認してもらっていいですか」と声をかける。ジョージは数秒黙って黒い目を泳がせてから、しぶしぶといった感じでホールに出た。

「……適当でいいですよ」

なんだかジョージの口調や態度の歯切れが悪い。自信満々がジョージの代名詞みたいなものなのに。新菜が不思議に思って厨房から身を乗り出すと、萩さんに軽く肩を叩かれた。

「様子見てきて」

そう言って、萩さんはジョージをそっと指さす。その指の先にいるジョージは、後ろ姿だけでもどこか動揺しているように見える。

「わかりました」

新菜もホールに出た。ジョージはスタッフから放送予定日やSNSでの展開について説明を受けている。スタッフは慣れた様子でよどみなく説明をするが、ジョージの反応は生返事というか、まったく別のことを考えているみたいだ。

「それでは、本日は以上になります。もし放送日に変更があれば連絡しますので。ご協力ありがとうございました」

スタッフは軽く礼をして、店を出て行く。新菜は、やはり生返事しかしないジョージと店先まで見送りに出た。ちらりと見上げれば、ジョージは切羽詰まった顔をしている。

「——なあ」

スタッフが車に向けて歩き出したそのとき、ジョージが意を決したように口を開いた。

「松崎《まつざき》、だろ。松崎博也《ひろや》だろ」

呼ばれてスタッフは立ち止まり、数秒してからのろりと振り返った。その表情は、つい数秒前までと雰囲気が違った。

隣でジョージの気配がわずかに緊張する。「才原だ」ジョージは固い声で言った。

「高校で同じクラスだった、才原譲司だ」

「高校？」

スタッフがわずかに首をかしげる。それからわざとらしくも感じる仕草で宙を見つめた。視界の端で、ジョージの拳がなにかにしがみ付くみたいに握りしめられる。

「すみません、覚えてないですね。人違いじゃないですか」

嘘だということは、新菜にもわかった。松崎と呼ばれたスタッフの言葉は白々しく、ジョージを見据えた視線には憎しみが籠《こも》っている。ちらりと見ると、ジョージは傷ついたようにも打ちのめされたようにも見える顔で口角を引きつらせた。松崎がビジネス用の表情で軽く微笑む。

「あなたのこと、まったく知らないんで」

そう言いはって松崎は踵を返した。歩調がだんだん速くなって、最後はほとんど駆け足になり、ミニバンに乗り込む。ミニバンは走り出すと角を曲がってあっという間に姿を消した。

「今の人、知り合い？」

この状況でなにも聞かないのも変だと思って、新菜はジョージに尋ねた。ジョージは引き攣《つ》れた笑い声を浅く漏らして、その場にしゃがみこんだ。

「ちょっと、どうしちゃったの？」

「青春時代の亡霊に会った気分だ」

やけに詩的なことを言いながら、ジョージは両手で顔を覆った。

秋の風が吹き抜ける。小さなため息が、崩れるように消えていった。

*

十一月の終わりに差し掛かり、一気に風が冷たくなった。去年のクリスマスに買ってもらったお気に入りのコートは、ほんのちょっと袖が短い。

衣装の仮縫いが終わったと聞いて玲子先生の家に行くと、絹子さんは上機嫌で迎えてくれた。「生地があまったから、スカートのフリルを四段にしようと思うの」と嬉しそうに言う絹子さんに急かされて、衣装に袖を通す。生地をたっぷり使った衣装は、新菜の体にぴったりだった。なにもかも自分のために作られていることがわかる。

「きついところはない？」

玲子先生に聞かれて、腕を上げ下ろししてみる。「ちょうどよさそうです」新菜が答えると、絹子さんは自信たっぷりにうなずいた。

「長く着られるように、少しゆとりをもって作ってるのよ。少しくらい太っても平気だし、痩せたときはウエストを調節できるようにするわ。まだまだ体型が変わる年頃だものね」

「ありがとうございます。すごくかわいい」

「仮縫いでこんなに喜んじゃあだめよ。完成したら、もっとずっとかわいくなるんだから。そうだ玲子、明菜ちゃんはどんな曲を踊るの？　生地の色合いからして、明るい曲かしら」

「アレグリアスよ。あと、明菜ちゃんじゃなくて新菜ちゃん」

紅茶を飲みながら玲子先生が答える。「まあ、アレグリアス！」絹子さんは手を叩いた。

「わたし、アレグリアスって好きよ。あの歌いはじめのところが可愛いの。いいわね、絶対素敵だわ。ねえ、発表会はわたしも見に行けるのよね？」

「兄さんの都合がつけばね。相談しとく」

玲子先生の返事は消極的だが、絹子さんは嬉しそうだ。

新菜はそっと衣装を脱ぎながら、ステージでアレグリアスを踊る自分を想像した。アレグリアスの音楽はすっかり体に叩き込まれている。コンパスだって、少しずつ摑めてきている。

「そういえば、わたしが踊るアレグリアスの歌詞ってどういう内容なんですか？」

思い立って聞いてみると、紅茶を飲んでいた玲子先生が咽《むせ》た。咳き込みながら「そ、そうねえ」と目を泳がせる。

「フラメンコの歌詞っていうのは結構独特というか、感情を激しく表しているものが多いのよね。そうだ、いいもの見せてあげる」

玲子先生はリビングを出て、少しすると緑色の薄い本を持ってきた。差し出されて受け取った本の表紙には『フラメンコ詩選』と書かれている。

「古いものだけど、フラメンコの歌詞を和訳して紹介している本なの」

目次を開いてみる。恋愛を歌ったものから、死を歌ったもの、貧困を歌ったものまでさまざまな歌詞が載っているようだ。適当なページを開くと、ほとんどの歌詞がどろどろした感じで、言葉のチョイスもちょっと過激だった。音楽といえばはやりのＪ－ＰＯＰやＫ－ＰＯＰしか聞かない新菜には、世界観も雰囲気もまったく馴染みがない。

「……怖い歌詞が結構ありますね。眼の玉を売るとか、血の涙を流すとか書いてある」

「ロマは迫害をされたりして、つらい境遇にいた時代があるからね。苦しみを歌ったりする方が、生活になじんだのかもしれないわ」

「もしかして、ジョージのアレグリアスも苦しみ系ですか？」

新菜が尋ねると、玲子先生はぎくりとした。どうやら話の流れを変えてごまかしたつもりだったらしい。

「友達を売るのはちょっとね……」

「アレグリアスって喜びが語源ですよね。歌詞も明るい感じになるんじゃないですか？」

「必ずしもそうではないのよね。アレグリアスはナポレオン戦争のことを歌うものもあって、歌詞に砲弾が出てくることも多いくらいなの」

「ということは、ジョージのアレグリアスも喜び路線ではないんですね」

「食いつくわね新菜ちゃん」

玲子先生は気まずそうに笑う。

「だって最近のジョージ、明らかにおかしいじゃないですか。ちょっと前までは空元気って感じのカンテだったけど、今は絶望の歌ですよ。あんな風に歌われたら、内容が気になりますよ」

ジョージの様子がさらにおかしくなったのは、テレビの取材が来てからだ。

あの日、ジョージはスタッフが帰ってからもずっと気落ちしていた。時間が経てばもとに戻るかと思ったけど、次のレッスンからずっと、どんよりした声でアレグリアスを歌っている。

ジョージは精神面がパフォーマンスに影響するたちらしい。

「ジョージくんっていうのは、髪の長いハンサムな男の子だったかしら」

絹子さんが口をはさむ。玲子先生がうなずくと、絹子さんは「あの子ねぇ」とため息を吐いた。

「難しくて繊細そうな子だったわね」

「ジョージがですか？」

新菜には、俺様で自信過剰な変わった人に見える。絹子さんは「芸術家肌なのよ、きっと」と神妙な顔をした。

「ジョージくんのアレグリアスが気になるなら、スペイン語を勉強してみてもいいかもね」

にっこり笑って玲子先生は話題を切り上げた。やはり、玲子先生の口からは歌詞の内容を教えてはもらえないようだ。

「そういえば新菜ちゃん、福岡はどうだった？　お友達は元気だった？」

絹子さんがにこにこしながら尋ねた。

「行けませんでした。友達が具合悪くなっちゃって」

「あらそう……。仕方がないけど残念ね」

「大丈夫です。あと何回だって会えますから」

新菜はあれから、ミリちゃんに連絡をしていない。ミリちゃんから連絡があるまで、こちらからはなにも言わないでおこうと思っているのだ。焦らせてしまったら申し訳ない。ミリちゃんに会いたい気持ちは強いけど、それよりもずっと強く思うのは、ミリちゃんがゆっくり病気を治して前みたいな元気を取り戻せますようにということだった。

「そうよね、新菜ちゃんは過去よりも未来の方がずっと長いもの。どこへだって旅行に行けるし、お友達にもたくさん会えるわよね」

「ありがとうございます。そうだといいな」

「だからね、お友達は大事にね。本当のお友達は手放しちゃだめよ」

新菜は高校をやめるまでに離れて行った、大勢の友達を思った。唯一この手に残ったミリちゃんとは、絹子さんくらいのおばあちゃんになっても、ずっと友達でいたい。

そしてふと、ジョージの顔が頭に浮かんだ。

今ではジョージも、新菜の大事な友達だった。

＊

それから数日して、玲子先生から『フラメンコ詩選』を借りてひと通り読み終えた新菜は、市街地まで出て地域で一番大きな書店にやってきた。駅ビルに入っている書店は、夕方ということもあって帰宅途中の客でにぎわっている。新菜の目当てはスペイン語のテキストだ。

じっくり読んでみると、フラメンコの歌詞の強烈さは癖になる。感情がむき出しで、飾り気がなくて、人間の生々しさがにじむ歌詞は新菜には新鮮だ。

そしてそれらを読むと、ジョージのアレグリアスに対する興味が増した。野次馬根性にも似た気持ちがあるのは否定しないけど、ジョージの気持ちみたいなものをのぞいてみたかった。

スペイン語のテキストは英語と比べるとずっと数が少ない。それでも初心者向けのものが何種類か置いてあった。手に取りやすい場所に並んだものを一冊抜き取ってみる。ざっと見ただけだけど、英語よりも難しそうだ。そもそも、挨拶の言葉すら知らない言語を勉強して、歌詞を訳せるようになるまでにはどれくらい時間がかかるんだろう。気が遠くなる。

「新菜？」

やっぱり無理かも、とテキストを棚に戻そうとすると、横から声がかかった。見ると、タカジョの制服を着た樹梨が意外そうな顔でこちらを見ている。

「スペイン語？　ああ、フラメンコか」

「あんた……、よくわたしに平気な顔で話しかけられるよね。罪悪感とか遠慮とかないの？」

「ない」

樹梨のポニーテールが自信たっぷりに揺れる。全開になった広めの額はニキビひとつなく輝いて、チア部の女王そのものという感じだ。新菜が樹梨のことを知っているから、そう思うだけかもしれないけど。

「自然界っていうのは弱いやつから淘汰されるんだよ。人間社会も同じ」

「わたしやミリちゃんが弱いってこと？」

「早川英美里はどうだか知らないけど、新菜はわりと図太いし強いと思う。スペイン語、勉強すんの？」

質問を無視して立ち去ろうかと思ったけど、それはちょっと負けな気がする。新菜は手に持ったテキストに視線を落として、首を左右に振った。

「しようと思って諦めたとこ。……樹梨は？」

「TCFを受けようと思って。推薦入試のアピールに使えるかもしれないでしょ」

「TCFってなに？」

「フランス語の検定。TOEICはほとんど頭打ちだから」

それを聞いて、樹梨が帰国子女だったことを思い出す。新菜たちの学年で、樹梨に英語の成績で勝てる生徒はだれもいなかった。

「小学校はカナダなんだっけ」

「小四までね。ったく、年相応の漢字も書けない子どもに中学受験させるとか鬼畜だよ、うちの親」

嫌悪をたっぷりにじませて言った樹梨のブレザーのポケットから、ＬＩＮＥの着信音が響く。一度聞こえたと思ったら、二度、三度、四度と数えきれないほど連続で鳴った。舌打ちした樹梨はスマホの画面を確認して、すぐにポケットに戻した。

「親？」

「クソ親」

そう答える樹梨の声に、新菜やミリちゃんに向けられたのとは桁違いの憎しみが籠っている。

「フラメンコって、やっぱりスペイン語も勉強すんの？」

着信音が鳴りっぱなしのスマホを無視して、樹梨が尋ねる。

「踊る曲の歌詞を訳したかったんだよね」

「それだけ？　だったら、ＡＩアプリを使えばいいじゃん」

「うまくいくかな。翻訳サイトみたいなものでしょ？　あんまり自然に訳してくれないイメージがあるけど」

「ＡＩは意訳っぽいこともできるから、翻訳サイトより自然に読めるよ。歌詞ならすごく長い文章ってわけでもないだろうし、雰囲気くらいはつかめると思う。それに、知識ゼロからのスタートで歌詞を訳すなんて、めちゃくちゃ時間かかるよ」

樹梨のスマホから、ＬＩＮＥではなく電話の着信音が響く。さっきより重い舌打ちをした樹梨は通話マークをタップして「門限までには帰るって」と早口に言うと、スマホの電源を切った。

「クソ親がキレてる。じゃあね」

目当てのものらしいテキストを棚から引き抜いて、樹梨はさっさとレジへと向かう。その背中は、学校で見たものより疲れて見えた。

「ちょっと樹梨」

呼びかけると、樹梨はしかめっ面で振り返った。

「なんでわたしやミリちゃんのこといじめたの」

「は？　理由なんてあるわけないじゃん」

きっぱり答えて、樹梨はポニーテールを揺らしながら書架の向こうに消えた。

棚に戻しかけたテキストを、結局もう一度抜き取る。歌詞の翻訳はとりあえずＡＩに任せるとしても、時間はたくさんあるのだ。知らない言語を勉強するのも悪くない。せっかく書店まで来たから漫画も買おうと店内を移動して、少女漫画の新刊を手に取りレジへ向かう。

レジの列に並ぶと、ポニーテールの後ろ姿が店を出て行くのが見えた。前にママが言っていた、学校の子とうっかり再会することもあるという言葉を思い出す。もう二度と会うものかと思っても、そんなにうまくはいかないらしい。なんだか、樹梨とはまたどこかで会いそうだ。鳴り響く着信音と、樹梨の後ろ姿が、脳裏にちらりとよみがえる。

なにか条件が違えば、彼女と友達になる世界もあったのだろうか。

考えたけど、それはきっと、いくら考えても無駄なことだった。

*

家に帰ってすぐ、新菜はさっそく歌詞の和訳をはじめた。

メモに書かれた歌詞をＡＩアプリに打ち込んで、日本語に訳してくれと指示を出す。

すると、一文字ずつ湧き起こるように回答が表示されはじめた。

その回答が完成されていくごとに、新菜の背中から手足の先まで、後悔が電流みたいに駆け巡る。

〈朝は訪れず、孤独な夜が終わらない。

悲しみに閉ざされて、星はわたしを導かない。

すべてを照らして、わたしの心臓よ、心臓よ。

忘れないでいてほしい、幸せであることがきみの使命だと〉

ジョージは、本当に論くんのことが好きだったんだ。

薄々察していたことだけど、たった今、確信に変わった。

AIが訳したのは、恋にも愛にも一言も触れていない、抽象的な歌詞だ。

でも間違いない。わかってしまった。

これは、

「……失恋の歌だ」

ジョージはどんな気持ちで、なにを思って、このアレグリアスを披露宴で歌うのだろうか。

新菜はおろおろとソファから立ち上がった。コートを羽織り、スマホと鍵をポケットに突っ込んで、玄関を出る。

ジョージに会わなくちゃ。そう思った。

会いに行けば、歌詞を訳したことはきっとバレる。怒られるかもしれない。だけど、ひとりでじっとしているなんてできなかった。

エレベーターに飛び乗って、早く早くと階数ボタンを連打する。一階に下りると、仕事帰りのママとぶつかった。

「ちょっと新菜、どこ行くの」

「出かけてくる！　すぐ帰るから」

それだけ言って、マンションのエントランスを出る。すっかり冷たくなった十二月の夜風が頬を切った。アスファルトを蹴って走り出すと、速度を増すごとに肺が冷えて、体の熱が鮮明になった。街灯が点々と照らすだけの夜道は人通りも車通りもほとんどなく、暗くてさびしかった。

新菜の頭に、アレグリアスが響く。鼓動が脳を打つ。ジョージのカンテが、耳の奥に聞こえる。

息が上がりはじめたころ、キッチンさいばらの明かりが見えてきた。週末の『突撃！満腹グルメ』で紹介されたからか、平日だけど店内にはたくさんのお客さんがいるようだ。表から入ったら悪いような気がして、裏口に回る。厨房に繋がる裏口からは、忙《せわ》しない調理の音と、こってりとした洋食のにおいがあふれている。

「うわ」

裏口の戸を開けた新菜を見つけたのは、萩さんだった。数秒黙って新菜を見て、厨房を振り返る。「おい」と呼びかけ、手招きをして、厨房の奥に消える萩さんと入れ替わりにコック服姿のジョージが出てきた。

「どうした」

不思議そうな顔をしたジョージに聞かれて、新菜は黙った。黙るしかなかった。

それでも、なんとか切り出した。

「なんていうか……話したいことが……。いや、違うかも。……なんだろう」

「はっきり言えよ」

「……ごめん、訳しちゃった」

俯きながら言ったけど、頭上でジョージがわずかにうろたえたのが、気配でわかった。数秒沈黙が流れる。厨房から、マスターがジョージを呼ぶ。

「今忙しいんだ。ここ通ってホールに出て、ちょっと待ってろ。十分くらいすれば落ち着くと思うから」

「……わかった」

空腹をさそうにおいに満ちた厨房に足を踏み入れて、マスターに挨拶をしながらホールに出る。店内には、フラメンコのＣＤが控えめな音量で流れていた。ムーディーで、ちょっともの悲しい雰囲気だ。このカンテは、どんな気持ちを歌っているんだろう。

所在なくホールのすみに立っていると、少しして厨房からコック服のままのジョージが出てくる。

なにかを諦めたようなその顔を見て新菜は、どうしようもなく申し訳なくなった。

「コート着て来ればよかったなあ」

公園の横の自動販売機に小銭を入れながら、のんびりとジョージが言った。

「ココアとコーヒー、どっちがいい？」

返事をせずにいると「もう夜だからココアだな」と勝手に決められた。ガコン、ガコン、と自販機から音がする。ココアの缶を取り出したジョージは、片方を新菜に放った。

「歌詞、よく訳せたな。大変だっただろ」

「いや、大変って言うか……、ＡＩに訳してもらったから……」

缶を開けながら新菜が答えると、ジョージは「現代っ子め」とおもしろそうに笑った。

「なんか浮かない顔してるな」

「……ジョージ、ごめんね。悪いことしたと思ってる。なんていうか、いろいろと」

「やっちまったこと後悔しても、意味ないぞ。俺としては、訳されたことは気にしてないし」

「怒ってないの？」

「怒るようなら、歌詞書いたメモなんて渡さねえし、そもそもあの曲を歌おうなんて思わねえよ。なんつーか、思ってること全部、ぶちまけたかったんだよな。でないとけりが付かないから」

そう言ってジョージもココアの缶を開け、歩き出す。

ひんやりとした夜は、あらゆる音を飲み込んだようだった。夜よりも一段暗い色の雲に覆われた空には、星も月もない。

「高校のころのことだよ、論が好きだったのは」

静かな表情で、ジョージは言った。晴れ晴れしているようにも見える顔だった。「ってことは過去形？」新菜が尋ねると、さびしそうに小さく笑う。

「過去形だけど、思い出にできない」

その言葉は、新菜にはぴんとこなかった。過去形なら、終わったことなら、全部思い出になるんじゃないのか。

「思い出にできないのは論のことだけじゃなくて、高校時代のほとんど全部だ。――テレビの撮影が来たときに、若めのスタッフがいただろ。最後にＳＮＳのこととか説明してた人」

新菜は「松崎さんだっけ？」と尋ねた。

そうそう、とうなずいたジョージは、ずっと新菜に向けていた視線をふいと逸らした。

「俺な、高二から高三にかけて、あいつのことをいじめてたんだよ」

言葉の終わりがかすかにふるえていた。新菜の胸には、さざなみのような衝撃が押し寄せた。それは動揺ではなくて、たった今、ジョージが決めた覚悟への呼応だと思った。

「松崎は口うるさい風紀委員だったんだ。俺は校則を全部まじめに守るような生徒じゃなかったから、しょっちゅう突っかかられて、うざいと思っていた。はっきり言うと嫌いだったよ。

そういう松崎に、冗談みたいな感じでゲイ疑惑が浮上して、結構ギクッとした。身近にそういう疑惑がある状況でどう振舞っていいかわからなかったし、もし矛先《ほこさき》が自分に向いたら嫌だし、松崎のことは嫌いだから、率先してからかうことにしたんだ。からかっている張本人に疑惑が向く可能性は低いだろうっていう、ずるい考えだよ。そういうことをしているうちに周囲がエスカレートして、気付いたらいじめになってた」

「周囲が？　どうして？」

「こう言ったらよくないけど、松崎は人気がなくて、俺は人気があったんだよ。便乗犯がいたんだ」

ジョージはそう言うと赤信号で立ち止まり、自嘲するように笑った。

「疑惑のことは、たぶん俺以外はたいして気にしていなかったと思う。ただ、口うるさい優等生を気に入らないやつが大勢いて、俺が保身のためにしたことが火種になってしまった。……被害者ぶったこと言ってるけど、俺はこんなことやめようって言えなかったし、むしろ主犯がなにもしないのは不自然だと思って積極的にいじめたよ。とことん自意識過剰だったんだよな。松崎が不登校になったときはほっとした。やっと解放されたと思ったんだ」

それから彼が学校に来ることはなかったそうだ。「留年したのか中退したのかは知らない」とジョージは苦しそうに言った。

「卒業式の日、論に言われたよ。おもしろ半分に人を追い詰めたおまえは最低だ、軽蔑するって。本当に、その通りだと思う」

論くんはたぶん、そう口にするとき、勇気を出しただろう。そんなに詳しく知っているわけではないけど、論くんはそういう言葉を軽々しく言う人じゃない。

信号が青になる。ジョージが歩き出すのを、一歩遅れて新菜も追いかける。

「俺はおまえにやさしくするけどな、それは俺がやさしいからじゃないんだ」

しばらく沈黙してから、ジョージは言った。ついさっきより、声のトーンが落ちていた。新菜は必死に言葉を探して、言い返した。

「ジョージはやさしいよ」

「そう思ってくれるなら作戦勝ちだな。俺はね、新菜にやさしくすれば自分の罪が浄化されるような気がしてるだけ。根本はおまえをいじめたやつと同類だ。おまえを利用して、自分の心を守ってるんだよ」

「……たぶんだけど、ジョージはそんなやつじゃないよ」

「残念ながらそんなやつなんだよ。ひと通り聞いただろ？　俺はクソ野郎だ」

そんなことないよ、とは言えなかった。いじめられて遠くに逃げるしかなかったミリちゃんや、学校をやめる選択をした自分が味わった苦しみを思うと、ジョージのことはまったくかばえない。同じ教室にいたら、新菜はジョージが嫌いだっただろう。だけど、今のジョージが持つやさしさを否定することは、どうしてもできなかった。

それからはずっと無言だった。新菜とジョージは、ココアの缶を傾けながら、マンションの玄関に着くまで黙って暗い夜道を歩いた。

「職質されなくてよかったよ」

マンションの前に着くと、ジョージは冗談交じりに言った。

「なにそれ」

「コック服着て未成年女子を連れてる男とか、あやしすぎるだろ」

「たしかにあやしいけど」

「否定しろよ」

そうやって笑うジョージがすっかりいつも通りで、新菜はちょっと安心した。

「暗くなってから一人で出かけるのはやめろよ。用があるならＬＩＮＥしろ」

「わかった。ごめんね、忙しいのに厨房抜けさせちゃって」

「べつにいいよ。うちの店は狭いから、三人で仕事するには窮屈なんだ。じゃあな」

ひらっと手を振って、ジョージは去って行く。

「ああ、そうだ新菜」

戻ってきたジョージが声をかける。新菜はエントランスに足を踏み入れながら振り返った。

「自分がやったことは、必ず自分に返ってくる。いいことも悪いことも、全部けじめがつく。はぐれ者かどうか、本当の答えはこれから出るんだ。おまえはきっと苦労もするんだろうけど、いつか自分の正しさに救われるよ。だからそのままでいろ。絶対に」

ジョージの言葉は、新菜よりも自分自身に言い聞かせているようだった。「絶対に」もう一度そう言って、新菜の目をじっと見て、遠くに呼びかけるみたいに手を振った。その手首に回った刺青が、闇色の手錠に見えた。

「こんな大人になるなよ」

自動ドアが閉まる。新菜は一瞬迷って、マンションの外に出た。ジョージは新菜と歩くよりもずっと速足に、夜の中に消えて行った。

頭の中で、コンパスが回る。アレグリアスが響く。喜びとは程遠い、ジョージのアレグリアスが。


〈朝は訪れず、孤独な夜が終わらない〉


そうやって歌うジョージは、暗闇のなかにいるのだろうか。この先もずっと、闇が去ることはないと、本気で思っているのだろうか。

新菜の孤独な夜を終わらせたのは、ジョージだというのに。

冬 人生のためのアレグリアス

新年会を兼ねたペーニャが開催されるカメリアのレッスン室に、セビジャーナスの前奏が軽快に響く。

パルマを叩きながら、新菜は鈴さんとステージに上がった。向き合って視線をあわせてすぐ、歌がはじまる。

この日、カンテを担当するのは六月のペーニャにもいた女の人だ。ジョージはまた横浜へ出稼ぎに行っているとかで参加していない。いつもと違うカンテはやっぱりなじみがないけど、それでも今はきちんとセビジャーナスに聞こえる。

新菜とは微妙に違う振り付けで踊る鈴さんと、一歩近づき、一歩離れ、すれ違う。玲子先生以外とペアになってセビジャーナスを通しで踊るのははじめてだ。鈴さんの踊りは、新菜よりも腕の使い方が優雅で大人っぽい。

「オレ！　新菜ちゃんすごくうまくなったね」

踊り終えると拍手と一緒にセレスティナの店長がそう褒めてくれた。ほかの参加者も「見違えたよ」「堂々としてたね」と声をかける。新菜は照れくさく思いながらお礼を言ってステージから下りた。

「みなさーん？　わたしのことは褒めてくれないんですかー？」

鈴さんがブーイングする。

「鈴ちゃんは最初から結構うまかったしね」

「新菜ちゃんと比べると変化が少ないというか」

口々に言われて鈴さんは「みんな冷たい」と泣き真似をした。

「鈴ちゃんも上手になったわよ。姿勢やファルダさばきがよくなった」

玲子先生のフォローで鈴さんの表情がぱっと明るくなる。

「このファルダ、はじめてのマーメイドシルエットだから最初は扱いにくかったんです。よかった、わたしもうまくなったってことだよね。よし」

にこにこしながらうなずく鈴さんが着ているのは、一月末に行われる発表会用の衣装だそうだ。オレンジ色に細かい白の水玉模様のファルダは元気でポップな雰囲気で、鈴さんによく似合う。本番ではこれに白のブラウスを合わせるらしい。

「鈴ちゃん、発表会もはじめてだよね」

「そうです。うちのスタジオの発表会は二年に一回だから。サークルのステージとは全然規模が違うみたいで、今から緊張しちゃいますよ」

「発表会、大きな会場でやるんですか？」

「来る？　チケットあげるよ」

鈴さんはそう言うとバッグを漁りはじめた。

「嬉しいけど、貰っちゃっていいんですか？」

「いいよいいよ。招待チケットまだ余ってるから」

はい、と鈴さんはチケットを差し出す。新菜はありがたくそれを受け取った。フラメンコのステージはまだ見たことがないから楽しみだ。

「新菜ちゃんも三月が初発表会だったな。なにを踊るの？」

店長に聞かれ、新菜は「アレグリアスです」と答えた。玲子先生が「ジョージくんのオリジナルですよ」と言ってにやりとする。ギターとカンテ担当の参加者を中心に、感心するような声があがった。

「ってことは、本番のカンテもジョージか」

「もちろん。ほかにも何曲か歌ってもらうことになってます」

「あいつ、憎らしいほど機会にめぐまれてる男だな」

店長はワインのグラスを傾けると「まあ、若い世代が育つのはいいことか」と呟いた。

「アレグリ、いいよねえ。わたしアレグリアス好きなんだよな。踊ってもいいですか？」

鈴さんのクラスの講師が立ち上がる。カンタオーラがもちろんと答え、ギタリストがギターを構えた。「先生の踊り、超かっこいいんだよ」鈴さんが耳打ちしてくる。

「玲子さんも一緒に踊ろうよ。あなたがペーニャにいるなんてめずらしいし」

「あら、それならご一緒しちゃおうかしら」

誘われて玲子先生も席を立ち、ステージに上がる。

簡単な打ち合わせをしてすぐに、サリーダが響く。新菜はみんなと一緒にパルマを叩いた。ときどきコンパスがわからなくなって誤魔化したけど、雰囲気に乗ることができて楽しかった。

プロ同士のアレグリアスは明るさの中に苦みのようなスパイスが効いて、粋な感じがする。交互に見せ場を作って、相手のことも自分のことも尊重していることがわかった。

いつか、こんな風に踊ってみたい。

だけど自分は、いつまでフラメンコを踊っているだろうか。来年の今頃は受験だし、大学に受かれば上京するつもりだ。新菜の生活は、まだまだ大きく変わる。

それでもなるべく長いあいだ、踊るという選択肢が自分にあったら嬉しい。

＊

貸ホールの入口で掲示物を眺めていると、背後から声がかかった。振り返れば、どこかげっそりした様子のジョージがやってくる。ひとつに結んだ長い髪が、いつもよりボサボサだ。

「疲れてるね」

「コキ使われてるんだよ。下っ端だから」

ジョージは大袈裟にため息を吐く。

この日は夕方から、浜松市内にあるフラメンコスタジオの発表会が行われる。もともと鈴さんからチケットをもらっていたけど、ジョージが演者として参加しているツテで、特別にリハーサルから中に入れてもらった。

ジョージは今回、パルマを手伝ってほしいと声をかけられたそうだ。本場スペインには専門のアーティストもいるくらい、パルマはフラメンコの中で重要な存在だ。分厚いパルマが的確に鳴り響くとステージの迫力が段違いなのだ、と説明されてもピンとこなかったが、リハーサルを見せてもらい、なるほどと思った。たかが手拍子と思っていたことを反省したほどだ。ギターが三人、パルマが三人いるステージは華やかで力強かった。カンタオーラの歌声の力を底上げするみたいに。

「ジョージはカンタオールだけど、今回はパルマだけなの？」

一月の終わりの冷たい空っ風に吹かれて身を縮めながら近くのカフェに入り、料理を注文してから新菜は尋ねた。

「パルマだけだな。まだまだ修業の身だし」

「たしかジョージって、八年くらいフラメンコをやってるんだよね。それでもまだ修業なんだ……」

「芸事は一生だからな。まだ理解できていないこともたくさんあるし、歴八年なんてひよっこだよ」

それならフラメンコ歴一年にも満たない新菜は、ひよっこどころかたまごのままだ。

「ところでリハ、どうだった？　気に入ったプログラムとかあったか？」

「最後のほうに、裾が長いファルダを着た人たちが出てきたよね。あれがかっこよかった。みんな踊りもすごく上手だったし」

「あの衣装はバタ・デ・コーラって言うんだ。プロ志望もいるような上級クラスだし、たしかにうまかったよな」

「バタ・デ・コーラってやつ、着て踊るのはやっぱり難しいの？」

「大変らしい。当然、普通のファルダより重いから、テクニックもいるだろうしな。バタ・デ・コーラでアレグリアスを踊るのは一流の証だ」

「ふぅーん。……いつか、あれ着て踊ってみたいな」

「先は長いぞ。頑張れ」

話していると飲み物と一緒にハンバーグセットとパスタセットがテーブルに届いた。新菜のハンバーグはデミグラスソースがたっぷりかかっていて、ジョージの海鮮パスタも具材がいっぱいでおいしそうだ。

「そういえば、わたしとお昼ごはん食べてていいの？」

ハンバーグを食べながら新菜は尋ねた。

「べつにいいだろ」

ジョージもパスタをフォークに巻き付け答える。

「付き合いとかがあるんじゃないの？」

「あるにはあるけど、五十嵐《いがらし》さんに逃がしてもらった。今日は目下に対して当たりがきつい人がいるから」

「五十嵐さんってだれ？」

「セレスティナの店長。あの人、どこにでも顔出すんだ。暇なんだろうな」

そう言ってジョージは鼻で笑う。

「ジョージって店長と仲良さそうだよね」

「付き合い長いんだよ。あの人が玲子先生を紹介してくれたんだ。新菜にも会いたがってたから、見かけたら挨拶してやって」

「わかった。――あのさ、目下に対して当たりがきつい人がいるっていうの、もしかしてパワハラ？」

「どちらかというとセクハラ。悪ふざけの延長っていう感じだけどな。俺は若いせいか狙われるんだよ」

「そういうことする人もいるんだね。フラメンコをやってる人たちって、いい人が多いように見えるけど」

微妙な気持ちになりつつ新菜が言うと、ジョージはパスタを咀嚼《そしゃく》しながら顔を上げた。

「どこにだって、いい人も悪い人もいるよ」

「そりゃそうだけどさ。わたしが知り合った人は、みんなやさしいから」

「大抵の人は新菜の言う通りやさしいよ。ただ、全員がまともな善人っていうコミュニティは存在しないんだよな」

意外な気がしたけど、言われてみれば学校も同じだった。樹梨が入ってくる前から、性格が悪いと感じる子はちらほらいた。

「わかる気がする」

「そもそもセクハラっていうより、たぶん俺がゲイだって勘づいてるから探りを入れてるんだろうし。一応あとでだれか教えておくから、あんまり近付くなよ。なんか嫌だと思ったらすぐに逃げて俺に言え」

ハンバーグを頬張りながら、了解、としっかりうなずく。

それから、話題は論くんと里彩さんの披露宴のことになった。ジョージの態度があからさまにげんなりしたものになる。

「高校の同級生とか、いっぱい呼んでるんだってね。このまえ美容院で里彩さんが言ってた。プチ同窓会状態だって」

「あいつらパリピだからな。俺からすると、人の気も知らないでって感じだよ」

ジョージはしかめっ面をして小さく首を横に振る。

たぶん論くんと里彩さんは、ジョージの過去とか後ろめたさをわかったうえで、同級生を大勢呼んでいるのだと思う。自分たちの披露宴をきっかけに、ジョージが昔の友達と再会できるように仕組んでいるのだ。そしてジョージも、それを理解しつつ憎まれ口を叩いている。

「わたし、披露宴に行くのってはじめてなんだ。親戚のお姉ちゃんが結婚したときは、コロナで式とかできなかったから」

「ただの見世物だよあんなもの。友達が多くて重大な黒歴史がなくて自己肯定感が成層圏を突き破るほど高くないとやれない」

死んだような真顔で、ほとんど呼吸をはさまず早口にジョージは言う。新菜は苦笑いを返した。

「そうだ。友達と言えば、新菜の友達は元気なのか？　ミリちゃんとかいう」

聞かれて、新菜はちょっと気持ちがしぼんだ。

「……わかんない。最近はＬＩＮＥも手紙も出してないから。年賀状を書いてみようかと思ったけど、これまで一回も送ったことがないからやめておいたんだ」

「そっか。まあ、下手に連絡してプレッシャーかけるのもよくないだろうし、そっとしておけばいいんじゃないの？」

「そう思うけどさ。……最近は、ミリちゃんがわたしのこと忘れちゃったら嫌だなーってよく思ってる」

「忘れないって」

きっぱりとジョージは言った。コーヒーを一口飲む。

「おまえの友達は、たった数ヵ月で友達のことを忘れるほど薄情じゃないだろ」

「……うん」

「信用して待っててやれ。ほんとに友達なら、何年会わなくても忘れないし、ふとしたときに何度でも思い出すから大丈夫だ。縁がある人っていうのは、そう簡単には切れないんだよ」

その通りだと思った。新菜は毎日ミリちゃんを思い出す。ミリちゃんもきっと同じだと、ずっと一緒だった友達だからこそ、信じられる。大人になっても同じだろうか。

「今の話って、論くんのこと？」

ジョージはぎくりと固まった。そのまま数秒黙って、壊れたロボットみたいにぎこちない動きでコーヒーカップを置く。

「新菜って、結構遠慮ないよな」

「そんなに過剰反応しなくてもいいじゃん」

「うわ、クソ生意気。——だけど、たしかに論のことだな。あいつのことはよく思い出したし、実家同士につながりがあって再会したってことは、切ろうと思っても切れなかったわけだから」

そう言ってジョージはまたコーヒーを飲んだ。「新菜がこんなに生意気とは思わなかった……」とぶつぶつ言っている。

「とにかく、今度ミリちゃんから連絡が来たり、会えたりしたら、普通のノリでひさしぶりって言ってやるといいよ」

気を取り直すようにジョージは言った。新菜は小さくうなずいた。

ニシシと笑うミリちゃんの顔を、前ほど鮮明に思い出せなくなっている。もう、一年以上も会えていない。こんなこと、出会ってからはじめてだ。いつだって一緒にいて、毎日会えることが普通だったから、不安でたまらない。

「なんでもない顔で接してくれると、思った以上に救われるもんだからな」

ジョージが励ますように笑う。

「そんなにさびしそうな顔すんなよ」

＊

夕方からはじまった発表会は盛況だった。一番大きなホールではないとはいえ、客席はかなりの割合が埋まっている。新菜はステージ全体を俯瞰できる、中央より少しうしろの席に陣取った。

発表会がはじまると、代わる代わる生徒たちがステージに現れた。色とりどりの衣装を着て、バラとペイネタで髪を飾ってステージに立つ姿は、華やかさが客席まであふれてくるようだった。若い人から年配の人、痩せた人から太った人、うまい人からまだ初心者だとわかる人まで、みんなが少し緊張した様子で踊っている。

ステージの後方ではカンタオーラが歌い、三人のギタリストがギターを奏で、ジョージを含めた三人がぴったり息を合わせてパルマを叩いている。普段のレッスンやペーニャのときよりも、リハーサルよりも、はるかに音が分厚くて迫力があった。急き立てるようなフラメンコのリズムが、ステージからあふれてくる。

ふと、新菜は高校をやめたのがちょうど一年前だと気付いた。

なにもかもが憎くて、なにもかもに怒っていた。そのことを、手に取るように思い出せる。

一方で、すべてが少し他人事になった。あの憎しみも、怒りも、今の新菜のものではなかった。苦しさの真っ只中にいたときはそれこそがすべてと思えたけど、過ぎてしまえばすみずみまで客観的に見渡せて、すべてと感じた世界の狭さがわかる。

恋が、悲しみが、恨みつらみが、新菜にはまだわからない言葉で歌われていく。コンパスはぼんやりと把握できるものもあれば、さっぱり摑めないものもあった。

フラメンコの歌詞は、歌い継がれて人々のあいだに定着することもあるそうだ。それくらい感情とは普遍的で、細かいところは違っても、大きくはだれもが必ず抱くものなのかもしれない。新菜がこれまでに抱いた感情も、歌うように、踊るように、いつかだれかと分かち合えるのだろうか。

発表会は終盤になり、ステージでは黒いシャツとパンツ姿のバイラオーラが踊っている。手元のパンフレットを見ると、スタジオの講師たちのようだ。お互いがお互いの踊りに呼応するのを繰り返すステージは、閉じているようでいてどこまでも開かれている。

踊りに一区切りがついたところで、ジョージが「オレ！」と声をかけた。音楽がセビジャーナスに代わる。舞台袖から、生徒たちがぞくぞくと出て来て踊り出す。

知らなかった音楽が、知っている音楽になった。

知らなかった人が、知っている人になった。

体を動かす、まったく別のリズムが生まれた。

セビジャーナスが終わっていく。カンタオーラやギタリストが前に出てきて、一人一人挨拶をする。出演者たちも新菜たち観客も、大きく拍手をする。

サパトスがひとつ打ち鳴らされたのを合図に、舞台上の全員が深々とお辞儀した。

緞帳《どんちょう》が、ゆっくりと降りていく。

*

論くんと里彩さんの結婚式の日は、あいにくのお天気だった。

一週間前の予報の段階から、極寒だの、雨だの、低気圧だのとさんざんで、新菜は先日里彩さんに髪を切ってもらいながら、どうやったら晴れるかな、と話したものだ。今朝の最新の予報では、二月としても記録的な寒さ、温暖な静岡の平野部や九州南部、沖縄などでも雪が降るかもしれないほど、とマフラーをぐるぐる巻きにした気象予報士が震えながら言っていた。

「せっかくの結婚式なのにねえ」

どんよりと曇った窓の外を見ながら玲子先生が言う。リハーサルのために集まったスタジオ・カメリアのレッスン室も、ストーブの力が届かないほどひんやりしている。何度も踊ったのに、まだ寒い。

「式も披露宴も屋内だから関係ないんじゃない？」

ギターを爪弾きながらジョージが言う。「移動中、参列者が寒いじゃないの」玲子先生は眉を下げて同情している。

「っていうかジョージくん、披露宴だけの出席でいいの？　式は？」

「行かない。ハリボテの教会で仏教徒のキスシーンを見て、なにがおもしろいんだよ」

「ひねくれ者ねえ。——じっとしてると寒いわね。そろそろ時間だから、もう一回踊って終わりにしましょうか」

玲子先生に言われて、新菜はレッスン室の中央で最初のポーズを構えた。「たしかに寒いね」と言って、ジョージがアレグリアスを奏でる。

ティリティトランタンタン。独特のサリーダは、以前よりもいくらか明るく響くようになった。ジョージも腹をくくったのかもしれない。

絹子さんに作ってもらった衣装は、練習用のものと比べるとずっしりと重みがある。だけど、新菜の体にぴったり合わせて作られているからか、不思議なくらい踊りやすかった。蹴り上げたファルダのフリルは生き物みたいにうねって翻る。それに、豪華な衣装を着て踊ると実際よりも少し上手になった気がして、自信が湧いた。朱色とターコイズブルーのコントラストは我ながら似合うし、全体のデザインも新菜にぴったりだ。

見せ場のエスコビージャに差し掛かる。

靴音がカンテとギターに乗って、リズミカルに鳴る。

振り付けが完成したころと比べて、新菜の踊りはフラメンコらしい雰囲気を感じられるようになった。踊りの強弱の付け方を振り付けのうちと考えて、徹底的に練習した成果だ。

だけど、と新菜は思う。

鏡の中で踊る自分は、頭で考えて、計算して、振り付けをなぞっているみたいに見える。実際にそうだから仕方がないけど、体の内側から湧き上がる情熱とか躍動に乗っている感じがしない。言ってみればフラメンコを真似ているだけ。やっぱり新菜の踊りは創作ダンスに近い。コンパスはだんだんと摑めてきて、パルマくらいならそれなりに打てるようになったけど、踊るとなると振り付けをこなすことで精一杯だ。

曲のラスト、ブレリアに差し掛かる。踊りと音楽を勢いよく片付けていく。テンポが上がるから、踊る難易度も上がる。新菜の集中力が試されるパートだ。

そんな最高潮のとき、ジョージのスマホが鳴った。ジョージは一瞬スマホに目を向けて、ごめん、というように肩をすくめ、そのまま演奏と歌を続ける。

電話は鳴りやまない。曲が終わってすぐ、ジョージは「失礼」と言って電話に出た。

「もしもし、萩さん？」

そう言ってすぐ、ジョージの顔がさっと曇った。「まじか」と呟いてから、小さな声で「すぐ行く」と答えて通話を切る。

「急用？」

「親父が倒れた」

短く答えたジョージが立ち上がる。「大丈夫なの？」玲子先生が慌てて尋ねる。

「雰囲気からしてそこまでやばくはなさそうだけど、一応病院に行ったほうがいいっぽい」

ばたばたとギターをケースに片付け、椅子に引っ掛けていたコートを羽織りながら、ジョージは「そうだ」と新菜を見て、数秒悩む顔をした。

「新菜、付いてこい。このあとどうなるかわからないから」

「わかった。荷物持ってくる」

答えて新菜はサパトスを脱ぎ、慌てて更衣室に駆け込んだ。衣装の上にコートを着てリュックを背負い、マフラーを巻く。階段を下りると、カメリアの玄関にタクシーがやってきた。ちょうど近くにいた車を呼び寄せられたらしい。

「わたし、今日車で来ればよかった。ごめんなさいね」

玲子先生が眉を下げる。「そんなこと言わないでよ」ジョージは無理やりな感じで笑いながら言って、新菜に手招きする。新菜はジョージとタクシーに乗り込んだ。ジョージが行先を告げるのと同時にドアが閉まる。窓の向こうで、玲子先生が「なにかあったら連絡して」と心配そうに言うのが聞こえた。

タクシーが走りだす。車内は無言だ。それを破ったのはジョージのため息だった。

「親父、心臓悪いくせに不摂生なんだよ。絶対にいつか倒れると思ってた」

「……お母さんに連絡しなくて大丈夫？」

「母親はいない。父子家庭なんだ」

ジョージの声が、タクシーのなかにほろっと溶けていく。「ったく、間の悪いジジイだよ」

呟く声には、はっきりと動揺がにじんでいた。

「雪、降ってきましたね」

タクシーの運転手がぼそっと言う。新菜は窓の外に目を向けた。

道を行く人が、驚いたように空を見上げている。鈍色《にびいろ》の雲に覆われた空から、はらり、はらり、粉雪が舞い落ちてきた。


めずらしく雪が降っているせいか、車の進みが悪く、病院に着くまでには思ったよりも時間がかかった。正面玄関を抜け、受付のスタッフに言われるがまま処置室のある階へと向かう。

エレベーターを降りると、すぐそこで萩さんが待っていた。ベンチから立ったり座ったり、落ち着かずにジョージを待っていたらしい萩さんが、こちらに駆け寄ってくる。

「命に別状はないそうだ。ただの発作で、今はもう落ち着いてる」

それを聞いて、ジョージは安心したようにため息を吐いた。

「あのジジイ、なんだかんだ自分は若くて健康体だと思ってるからな。これを機に、病人の自覚が持てていいだろ」

「いや、それはわからん。才原だから」

「言えてるけど、そろそろ自覚してもらわなきゃ困るよ」

看護師がやってくる。「才原さんのご家族ですか?」と尋ね、ジョージを処置室に連れて行く。

「……まずい。喧嘩するぞ、あいつら」

ぼそりと萩さんが言った。あまりに小さな声なので自分に向けられた発言とは思わず、新菜は少し遅れて顔を上げた。

「あの親子は、目が合ったら喧嘩しないと気が済まないんだ」

「はあ。そうなんですか」

「見張りに行って」

「見張り？」

「早く。喧嘩しそうになったら止めに入って」

萩さんは処置室を指さす。

たしかに、発作を起こしたその日のうちに、喧嘩をして血圧が上がったりしたらまずそうだ。新菜は着たままのファルダの裾をつまんで処置室に向かった。中に入るのはよくないと思って、カーテンの前で立ち止まる。

「なぁんだ、譲司か」

マスターの声が聞こえる。元気のない声だ。「なぁんだ、ってなんだよ。失礼だな」ジョージの憎まれ口にも覇気がない。

ふと、これって盗み聞きでは？　と気が付いた。だけど、萩さんは遠くから、そこで待機、と身振りで指示してくる。

「ほんとに間が悪いよな、親父は」

「間が悪いってなんだよ、父親の危機に」

「薬、ちゃんと飲んでたのかよ」

「概ねな」

「完璧に飲めよ」

「ちまちまちまちま面倒くさいだろ、薬ってのは。——そういやおまえ、坂田のせがれの結婚式は？」

「雪が降り出したせいで、道が混んでたんだ。とっくにはじまってる」

「だったら早く行け」

マスターは言った。これまでの会話と比べて、明らかにはっきりとした強い声だった。

「諦めるよ。よく考えたら、このあと医者の説明とか聞かなくちゃいけないし」

「そんなこと萩に頼め」

「でも」

「あのなあ、おまえ、男ならけじめをつけろよ。だらしねえぞ」

「……なに言ってんだよ」

「けじめをつけない男は、背骨が抜けてるようなもんだぞ」

「だからなにを」

「親の目をみくびるな」

マスターが鼻で笑う。ジョージが小さく息をのむ。

「おまえ、坂田のせがれの嫁が好きなんだろ」

カーテンの向こうが沈黙する。「わかってる、わかってるって」全然わかっていないマスターはやさしく言った。

「里彩とかいったか、あの子。洒落てとっぽい感じの、可愛い子だよな。おまえの母さんもな、ああいう雰囲気だったんだよ。懐かしいな」

「いや、あの……」

「女の影がないやつだと、ずっと思ってたんだ。俺に似て一途《いちず》なんだな。だけどな、女なんて星の数ほどいるんだよ。今はたった一人の一番星に見えるんだろうけど」

「あー……、はいはい」

「俺の息子だから、モテないわけがない。その気になれば女なんて濡れ手で粟だ。入れ食いだ」

カーテンの向こうから、ジョージが困っている気配がする。それにかまわず、マスターはつづける。

「とはいえ、仕事が不安定なのはよくないな。やっぱり男はある程度しっかり地に足をつけていないと、甲斐性がないと思われる。あと三年したら店をやるから準備しとけ」

「だから、その、じつはそうじゃなくて……。え？」

驚いた声でジョージが聞き返した。マスターは「あと三年は、俺の店だ」と宣言した。

「スペイン料理屋にでもすりゃあいい。勝手にしろ。俺は口出ししない」

「いいのかよ」

小さな声でジョージが問うた。「最初からいずれはそうするつもりだったんだ」マスターは照れくさそうに言う。

「ただし、潰れてもおまえの責任だからな」

「……潰さねえよ」

「どうだか。意外ときついぞ、飲食業は」

マスターが鼻で笑う。ジョージが笑いながら俯くのが、カーテン越しに見える。

「タブラオにしてやる」

「好きにしろ」

「あと、里彩のことだけど」

「皆まで言うな。そういう恋心ってのはな、自分の胸にそっと秘めておくもんなんだよ」

「うん。……今は言わなくていいか」

ジョージが苦笑いする。「早く行け」マスターが急かす。

「けじめをつけろ。すべてはそうやって終わって、はじまるんだ」

「いいこと言ってる風だけど、親父、じつはなんにもわかってないからな？」

話が終わった気配がする。新菜はそっと処置室から離れた。

ジョージも処置室から出てくる。「大丈夫そうか？」萩さんが尋ねた。

「案外元気だね。相変わらず生命力が強いよ。ああいう人って、なんだかんだ長生きすんだろうな」

「たった一人の親だ。大事にしてやれ」

「それは親父の出方次第。なあ萩さん、あとのこと頼んでいい？　論の披露宴がもうはじまってて」

そう言い終わる前に、萩さんはジョージに向けて大きくうなずいた。早く行け、と追い払うように手を動かす。

「任せとけ」

「ごめん、ありがとう。行くぞ新菜」

ジョージがエレベーターに乗り込むのに新菜も続いた。

「グッドラック」

親指を突き立てて、萩さんは言う。それにジョージはうなずいた。エレベーターの扉が閉まる。

「今何時だ」

「五時くらい」

スマホを見て新菜は答えた。病院に着くまでも道がかなり混んでいたから、時間を食っている。披露宴は四時半から。もう、三十分も遅れている。

「タクシーの運転手にかっ飛ばしてもらわないとな」

病院の建物を出ると、見計らったようにジョージのスマホが鳴った。「論からだ」呟いてジョージが電話に出る。

『ちょっとジョージ！　なんで来ないんだよ！』

スマホから論くんの大声が聞こえる。

「ごめん、親父が倒れて」

『えっ、マスター倒れたの？　大丈夫？　生きてる？』

「生きてるよ。あの調子なら大丈夫だろ。今、病院出るところだから。急いで行く」

『いや、マスターが調子悪いなら無理して来なくても』

「行くって」

ジョージがタクシーに向かって手を挙げる。外は、粉雪よりもしっかりした雪が降っている。新菜に先に乗れと示しながら、ジョージは吹っ切れたような顔で笑った。

「二度目はないだろ。絶対行くから、里彩とふたりで待ってろよ！」

＊

雪がどんどん強くなる。空を覆う鉛色の雲がどんよりと低い。

タクシーは進んだと思えば止まり、止まったと思えば少し進むのを、もうずっと繰り返している。こんなにちゃんと雪が降るところを見るのははじめてだ。地面は、端がうっすらと白くなっている。

「すみません、裏道とか使ってもらえませんか」

焦れたようにジョージが言った。タクシーの運転手は「いやあね」と困った声を出し、軽く振り返る。

「この先で事故があったみたいで、迂回ルートもあちこち渋滞してるんですよ。おまけにこの雪でしょう、静岡のドライバーはみんな雪に慣れてないから、ただでさえ混んでてねえ。自分は東北の出だから、これくらい全然平気なんだけど」

ジョージがいらいらとスーツのポケットから封筒を取り出した。スピーチの原稿だろう。もう、病院を出てからずいぶん経つ。普段通りならとっくに会場に着いているが、まだ道のりの半分だ。

「このペースだと間に合うか微妙だな。――なあ新菜」

原稿を見つめ、ジョージが言った。

「急がば回れだよな?」

ちょっとたくらむような、悪い顔を見て、言いたいことがわかった。はっきりとうなずいて応える。

「すべての基本でしょ」

「だよな。すみません、ここで降ろしてください」

運転手は「まだ結構あるよ」と言ったが、のろのろと路肩にタクシーを止めた。

タクシーを降りる。雪が降る街は、知っているのに知らない土地みたいだった。音がいつもより遠い気がする。

近くのコンビニでビニール傘を買って、会場を目指して足早に進む。駅前にある披露宴会場のホテルまでは、普通に歩いても三十分ほど。このペースでいけば、なんとか披露宴の最中に間に合うはずだ。

「走っても平気だよ」

「だめだ、転んで怪我したら元も子もない」

早口に言うジョージがギターケースを背負い直す。スマホを操作して、どこかに電話をかける。

「——今日そちらで披露宴をやっている坂田論の友人で、才原といいます。そうそう、挨拶と余興担当の。今そっちに向かってるんですけど、あと三十分はかかりそうだ。はい、どうにかしてプログラムを引き延ばしてください。絶対、絶対、意地でも行くんで」

そうやって通話を切り、ジョージは新菜を見下ろした。

「よし、行くぞ！」

それに大きくうなずく。

車のクラクションが遠くで響く。事故が起きた現場が近付いているらしい。救急車のサイレンが聞こえる。「見てください！　静岡市街地に雪が降っています！」興奮気味に中継をする声が、信号機から流れるメロディーが、街を行く人々の声が、ぶつかりあう。頭上で、雪が傘に落ちる音が、かすかに聞こえる。

そのすべてが、どれにも混ざらないリズムを持っていた。

独立している全部が、ひとつひとつ複雑に重なり合って、今を作っている。

すれ違った女の子が新菜の恰好を見て不思議そうな顔をして、隣の子に話しかけた。彼女の名前も、悩みも、喜びも、人生も、新菜は知らない。

だれのことも知らない。知っていると思っても、本当のことは知りえない。

数歩前を行く、ギターを背負ったジョージのことだって、わからないことの方が、わかることよりもずっと多い。

不思議だ。一年前、新菜はこんな今を想像していなかった。ほんの少し人生が違えば、ジョージのことは名前も知らず、玲子先生と出会うこともなく、フラメンコは遠い異国の聞いたこともない音楽でしかなかった。こんな風に世界を見ることもなかった。

ねえ、ミリちゃん。

新菜は心の中でそっと呼びかけた。

ミリちゃんの言った通りだよ、無駄なことなんてないよ。ひとつもなかったよ。苦しかったし、つらかったし、さびしかった。なにもかも最悪だって思ってた。だけど今なら、そのおかげで強くなれたって言えるよ。

新菜の頭のなかで、アレグリアスのコンパスが回り出す。

てのひらからこぼれて、かと思ったら収まって、理解と疑問を繰り返しながら、リズミカルにコンパスが回る。

ティリティトランタンタン。耳の奥に、だれのものともわからない声が響く。

喜びが語源とされる、明るく陽気な音楽。

叶わなかった恋を歌う、ジョージのアレグリアス。

今、新菜の心を導くのはアレグリアスのコンパスだった。それを、ジョージは知らない。街を行くだれも知らない。ただ、新菜だけが知っている。そういうことが、この世にはたくさんある。

今を生きるだれもが、自分自身しか理解できない。

それもたった一瞬、理解できたと思い込むことしか、できないのかもしれない。

言わなくちゃ。そう思って、新菜は呼んだ。ジョージはちらりとこちらを振り返った。

「ジョージ」

「わたし、ジョージみたいな大人にはならないよ」

秋の終わりの夜に聞いた言葉の意味を、その言葉が導く先を、もしかしたらずっと考えていたのかもしれない。

自分がやったことは、必ず返ってくる。いいことも悪いことも、全部けじめがつく。本当にはぐれ者かどうかは、今はまだわからない。

それならジョージが新菜を救ったことはジョージに返ってくるし、新菜がジョージに救われたことも、どこかでなにかに辿り着くはずだ。

過去も未来もわからない。それでも今はぐれていると思っているから、新菜はジョージと、フラメンコと巡り合った。絶対にそうだ。

「当然」

ジョージはきっぱりと答えた。

新菜はジョージのような大人にはならない。どうしたってなれないのだ。ママのようにも、パパのようにも、玲子先生のようにも、セレスティナの店長やカメリアの生徒たちのようにも。

新菜は、自分のためのリズムに乗って、一秒ごとに未来を手繰り寄せ、進んでいく。それしかできない。

大丈夫。新菜は思った。

わかる。そう信じたかった。

いつかわからなくなるとしても、今わかる。そのことが希望だった。

だれのようでもなく、自分のリズムを、自分の手に摑んでいく。

できる。大丈夫。新菜は、ジョージの背中に向けてうなずいた。

この世界は本当に、数えきれないほどのリズムであふれてる。

*

息を切らせてホテルの玄関を抜けると、制服を着こなした女性スタッフが駆け寄ってきた。ロビーに飾られた時計は五時半を少し過ぎたところだ。

「才原さまと畑村さまですね！」

スタッフは言った。「こちらです」吹き抜けになった二階へと続く階段を示す。

「すみません。だいぶ遅れちゃって」

「問題ありません。プログラムは限界まで引き延ばしております」

階段を上りながらスタッフは振り返った。

「新郎さまが、才原さまは必ず来ると仰っていました。あとはもう、才原さまのスピーチと余興、ご両親への手紙を残すのみです。今は新婦さまのご友人が場をつないでくださっています」

ジョージが嬉しそうに笑う。スタッフはコートと荷物を預かりながら、会場に入ってからの流れをてきぱきと説明した。「時間が押しているので、入場したらすぐにスピーチをお願いします」と言われ、ハッとしたジョージがスーツの内ポケットを探る。

「どうしたの？」

「なくした」

「なにを？」

「スピーチの原稿。たぶんタクシーの中だ」

「ちょっとどうするのそれ！」

「どうするもなにもぶっつけ本番だろ、ここまできたら……」

ちょっとだけ青ざめたジョージだけど、その表情はすぐに不敵な笑みに変わった。

「俺はカンタオールだからな。即興はお手の物だ」

「こちらが入口です」

スタッフが大きな扉に手をかける。

ジョージがひとつ深呼吸をするのを、新菜も真似した。別のスタッフが駆け寄ってきて、ジョージにマイクを渡す。それを受け取ったジョージはギターケースを背負い直して、開かれた扉の中に踏み出した。ちょっとお酒くさい会場のライトに照らされて、一瞬目がくらむ。

「――ジョージだ」

まさか、とでも言いたげな声は、即席のステージ上でピアノの演奏に合わせて歌っていたらしい女性から発せられた。「ほんとだ、ジョージだ」波のように声が会場に広がって、招待客の視線が一気にジョージに向く。ピアノの演奏がやむ。一瞬、華やかな会場は水を打ったような静けさに包まれた。

「やっと来たか！」

タキシードを着た論くんが立ち上がり、嬉しそうな顔でこちらに手を振った。それに、ジョージも同じようにして応える。

「えー、どうも」

マイクを二、三度叩いてから、ジョージは切り出し、スピーチ台に向けて歩き出した。

「遅れて失礼。論、里彩、結婚おめでとう。友人席のみなさんは、見たところだいたいが久しぶりってところかな。新郎の友人代表、才原譲司です」

やっぱりジョージだ、という興奮気味の声が、新婦友人席から聞こえた。「どうもどうも」と言いながら、ジョージがスピーチ台に駆け上がる。

それを、新菜は入口からじっと見ていた。

「スピーチ原稿を忘れてきましてね。こんな人前で話すことなんてめったにないし、緊張が一周回って、俺は今ちょっとハイです。変なこと言わないようにしないとね、論の黒歴史とか」

にや、とジョージが笑うのと同時に、友人席から笑い声が漏れる。論くんと里彩さんが楽しそうに顔を見合わせる。

「俺と論は、小学校から高校までの同級生です。里彩もそうです。腐れ縁ってやつで、つい五秒前に論の黒歴史を暴露しないようにしないと、って言ったけど、俺たち三人は、お互いの知られたくない秘密みたいなやつはだいたい知っています」

「そりゃあ全部曝《さら》け出してるよ！」

論くんの突っ込みが飛ぶ。「あの様子は酔っ払いですね」ジョージが肩をすくめる。

「だけど俺は、二人に隠していたことがあるので、この場を借りてちょっとだけ暴露しようと思います。シラフで言うのは照れくさいけど、論は俺にとってずっと一番の友達です。みなさんご存じの通り、論は真っ当で、まっすぐで、いいやつで、太陽みたいな男です。太陽っていうのはあれこれギラギラ焼き焦がすんじゃなくて、まわりの人を平等に照らすあたたかい存在だと思います。俺は、そんな太陽に照らされて、自分の影が真っ黒なことを知って、それが恐ろしくて論と距離を置いていました。高校を出てからのことです。卒業式の次の日に電話番号を変えて、メアドを変えて、ＬＩＮＥとかＳＮＳを全部消しました。その次の年に、かつて太陽が沈まないとまで言われた国に行きました。スペインに渡ったんです」

がやがやとしていた会場が、少しだけ静かになる。みんなの注目が、ジョージに向いている。「スペインの日差しはまぶしかった」ジョージはうなずきながらそう続けた。

「そういう国で人生や芸術と向き合いながら、俺はもっと、自分の影の黒さを思い知りました。そうやって影を見つめながら考えたことはいろいろあるけど、その糸をたどった先にあるのは、いつだって論のことだった気がします。自分から連絡を絶っておいてそのことを後悔していると認めたところ、家の都合で日本に戻ることになりました。それからすぐ、実家の店に出入りしている、酒屋を継いだ論と再会しました。論は相変わらずでした。ちょっと後ろめたい気持ちがある俺に、昔と同じように笑って、ひさしぶり、とだけ言いました。そのことに俺がどれだけ救われたか、たぶんこいつは知りません。

論はいい旦那になると思います。ここにいるだれもがそう思ってるはずなので、ぜひとも期待を裏切らずにいてほしいです。里彩はめちゃくちゃ強運だなって思うけど、その強運は里彩が論に負けず劣らずいいやつだから舞い込んできたものだって、俺は知っています。二人とも大事な友達です。友達と友達がくっつくって、どんな気分なのかなって思っていたけど、悪くないね。ハッピーだ。二人そろって幸せになれよ」

会場にあたたかい空気が満ちる。ジョージは背中に担いだギターケースを指で示した。

「これからお見せするのは、スペインの生きた芸術、フラメンコです。演目は、喜びが語源とされるアレグリアス。俺が歌とギターで、あそこにいる、友人の畑村新菜が踊ります」

ジョージが新菜を手で示す。会場中の視線が新菜に向いた。お辞儀をすると拍手が返ってくる。手招きされて、新菜はジョージに駆け寄った。

「なんか言うことある?」

マイクを差し出してジョージが尋ねる。新菜は「論くん、里彩さん、おめでとうございます」と控えめにコメントした。そしてちらっとジョージを見上げる。

「それと……。ジョージ、バモスアジャ」

さあ行くぞ。

定番の、はじまりの掛け声を口にすると、ジョージは一瞬目を見開いてから軽く鼻で笑った。

「発音悪いな」

「仕方ないじゃん。スペイン語、はじめて使ったんだもん」

スタッフが特設ステージに椅子とマイクを持ってくる。呼ばれて、ジョージが椅子に座りギターのチューニングを確認する。新菜もステージの真ん中に立つ。

合図のようにギターが鳴って、新菜は最初のポーズを取った。ステージを照らす光と一緒に、大勢の視線が向いている。

ちらりと振り返ると、ジョージは軽やかにウインクした。久々に見た気がする。相変わらずキザだと思いながら、新菜はまた正面を向いた。

アレグリアスの前奏が響きはじめる。マイクに乗ったギターの音が、陽気に会場を満たしていく。

今までと全然違う。心も体も踊らせるような音色だ。

「¡Vamos allá!」

ジョージが言った瞬間、招待客から大きな拍手が沸き起こった。論くんが口笛を吹く。新菜は、胸の中心から体のすみずみまで、少しずつ喜びが広がっていくのを感じた。

ティリティトランタンタン。

軽快なサリーダが、夜明けを運んでくるように高らかに響く。それに合わせてパルマを打ち、新菜も朝日を待ち受ける。霧が晴れる、闇が去って行く。歌を呼ぶために踊り出す最初の一歩は、これまでのどの瞬間より鮮やかだった。

〈朝は訪れず、孤独な夜が終わらない。

悲しみに閉ざされて、星はわたしを導かない。

すべてを照らして、わたしの心臓よ、心臓よ。

忘れないでいてほしい、幸せであることがきみの使命だと〉

そう歌うジョージの声は、だったら俺が朝を連れてくるとでも言わんばかりに、朗々としている。翻す新菜の指先には、ありったけの希望が絡まっていくようだった。衣装がもうひとつの体のようにうねり、ファルダの裾が跳ねる。踊っていて、こんなに晴れ晴れした気持ちになったことは、今までにない。

みんな雰囲気に乗せられて、それぞれ手拍子をはじめる。でたらめなリズムが遠慮なしに加わるせいで踊りにくいのに、内側からあふれるような力が、新菜を踊らせている。

視線を動かせば、論くんも里彩さんも楽しそうに手拍子をしながらステージを見ている。論くんは里彩さんと二人で、ジョージの気持ちを知らないまま、幸せになるだろう。ジョージはそれを、喜びと思うことに決めたのだろう。ただ嬉しいだけじゃない。だけど、闇がなければ光を知れない。だからこのアレグリアスは、未練を歌いながらも論くんの幸せを祈るのだ。

それなら、カンテに乗った思いを後押しするために踊ろう。踊る手足に、いっそう力が宿る。靴音がギターの音色に乗って、駆け抜けるように響く。腕が宙をかくごとに手拍子が強くなる。ステップを踏むごとに、踊る喜びが大きく膨らんでいく。

ティリティトランタンタン。

再びそう繰り返す最後のブレリアに差し掛かるころには、会場の大勢が立ち上がっていた。タイミングを計って、酔っ払った男の人たちが太い掛け声を投げる。新菜もジョージも、それに応える。終わることなど知らないように、どんどんボルテージが上がっていく。

新菜は、観客の不ぞろいな手拍子の向こう側に、アレグリアスのコンパスをはっきりと感じた。つかもうとあがく指のあいだをすり抜け、気まぐれに爪先をかすめるコンパスが、ステージを導いている。

いつかそれを手の中に収め、踊りこなせるようになったとき、今日のこの瞬間を思い出すだろう。ジョージのギターは走り気味。新菜の手足はテンポについていけない。きっとめちゃくちゃで見るに堪えないステージだ。それでも、ここにあるカンテも、ギターも、踊りも、観客たちの掛け声や手拍子も、すべてがフラメンコだ。

みんな論くんと里彩さんを愛していた。

それと同じくらい、きっとジョージも愛されていた。

そして新菜はジョージを、ジョージは新菜を信頼している。

これからも踊ろう。音楽と手拍子を浴びながら、新菜は思った。

この一年も、大学に入っても、大人になっても、なるべく長く踊りつづけよう。こういうステージに、また立てるように。今日のアレグリアスは、新菜にとっても、ジョージにとっても、人生の大きな目印になる。

ギターがさらに加速する。ジョージの歌声が、明らかに調子に乗っている。新菜は暴れるカンテとギターに負けないくらい、いつもより多めにターンを決めて、竜巻がすべてを飲み込むように、音楽と一緒にステージを駆け下りた。

その瞬間、会場の端から端までが拍手で満たされた。

「オレ！」

ひとつ掛け声が飛んだのをきっかけに、「オーレ！」「よかったぞ！」と次々声がかかる。

ジョージが立ち上がって、ステージの前方に出る。二人でお辞儀をすると、拍手はさらに強くなった。

「最高」

新菜はジョージに微笑みかけた。それに応えるようにジョージは口角を片方だけ上げた。無理矢理キザにしている顔だった。

太陽が落ちても、ジョージは歌い続ける。歌声が響くかぎり、新菜はいつまでも踊る。夜が明けないなら、朝を迎えに行く。

お互いを称え合ってぶつけたてのひらが、稲妻みたいにしびれた。

＊

披露宴を終えるとすぐに、ジョージは高校の同級生たちに取り囲まれた。みんな大騒ぎをしてジョージの肩や腕を叩き、連絡先を教えろと言って、もみくちゃだった。揺さぶられ、髪もスーツもだんだんよれよれになっていくジョージを動画に撮りながら、新菜はあとでこれを見せて、その愛されぶりをからかってやろうと思った。

そんなジョージを新菜とまとめて一日連れ出したのはホテルのスタッフだ。論くんと里彩さんが、控室に来てくれと呼んでいるらしい。

「すっごく楽しかった。ステージっていいね、楽しいね。結婚式も、なんかいいね」

控室に向かう途中、新菜はジョージに声をかけた。同じ熱量で返事がくるものと思ったけど、気の抜けた相槌しか返ってこない。

「ジョージ？」

「あ、ごめん。聞いてなかった」

「上の空じゃん。どうしたの」

「あのさ、控室だけど、先に俺だけ中に入っていい？」

らしくもなく重い口調で言って、ジョージは立ち止まる。見上げると、ものすごく緊張した顔をしていた。前方を行くスタッフが不思議そうに振り返り、様子をうかがっている。

「いいけど、なんで？」

「……カミングアウトしてくるから」

「ふぅん、頑張れ」

「うっわ、なにそれ、軽ッ」

驚いた声を出すジョージは、ちょっと涙目だ。指摘すると「そういうこと言うな」と怖い顔をされたけど、涙目だから全然迫力がない。

「何気に今までの人生で一番怖い……」

「じゃあこのまま黙っていればいいじゃん」

「これを逃したら一生言えないだろ……」

「じゃあ言いなよ」

「なんでおまえそんなに軽いんだよさっきから」

ジョージがその場にしゃがみこむ。

大人になっても人間はそれほど大きく変わらないのかもしれない。ぐるぐる悩んで、怖気《おじけ》づいて、勇気が出なく二の足を踏む。そして、だれかが背中を押してくれるのを待っている。ママやパパや、玲子先生も同じなのだろうか。そうだとしたらちょっとがっかりだし、自分の将来が心配になるけど、不思議と気が楽にもなる。

「たぶん大丈夫だよ」

「わかんねーよそんなこと」

「だってジョージの友達でしょ？　自分の友達のこと、信用してあげなよ」

両手で顔を覆っていたジョージが視線を上げる。

「信用は……してる」

「ふたりとも待ってるよ。さっさと行きな」

「……わかった」

立ち上がったジョージは、大袈裟に深呼吸して歩き出した。新菜はその強張《こわば》った後ろ姿を見ながら、頑張れ、と声に出さずに言った。

控室から、待ちくたびれた論くんと里彩さんが迎えに来る。ジョージの背中がびくりとして、すぐに力が抜けたのがわかった。

そうだ、あとでミリちゃんに連絡してみよう。

廊下の真ん中で話しはじめた三人を離れた場所から見守りながら、新菜は思った。

最高のステージを経験したこと。今度は発表会で踊ること。この一年で、ミリちゃんに紹介したい大勢の人と出会ったこと。ぜんぶ、ちょっとずつ報告して、最後にはこれからもずっと、なにがあっても、ミリちゃんの友達でいたいと伝えるんだ。

話したいことなら山ほどある。きっと、ミリちゃんも新菜に話したいことがたくさんあるだろう。遠く離れてさびしいと思っていたけど、今はなんだか、すぐそばにミリちゃんがいるみたいな気分だ。もしかしたら、心の奥でミリちゃんを支えに頑張ってきたからかもしれない。

論くんと里彩さんが驚いた顔をするのが見える。ジョージが体を固くしてうつむく。里彩さんがジョージの肩に腕を回して、丸ごと包むように論くんが二人を抱きしめた。

「新菜」

くぐもった声でジョージが呼ぶ。

ほら、やっぱり大丈夫じゃん。

新菜は笑いながらジョージのもとへ駆け出した。

＊

冷たい冬が終わろうとしている。まっさらに輝く春が、もうそこまで迫っている。

カメリアの発表会の日、楽屋裏はてんやわんやだ。華やかな衣装を着て濃いメイクをした人たちが、あちこちにひしめいている。ガロティンを踊る中級クラスと楽屋が一緒になったけど、みんな髪をひっつめて似たようなメイクをしているからほとんど同じ顔で、見分けるのが難しい。

「失敗しちゃったー」

コルドベスを持って楽屋に戻ってきた生徒の一人が、残念そうに言った。声からして中村さんだ。ほかの生徒たちが「そんなの観客からはわからないよ」と励ましている。

「だけどさ、自分の納得っていうところがさ」

「来年の発表会でリベンジしようよ」

「まあそうなんだよね……。それにしても、あと何年踊れるか。十年くらいは踊りたいけど」

「その倍は余裕ですよ」

新菜が声をかけると、みんなが「若い子に言われると燃えるわぁ」と笑った。

発表会は二幕構成だ。あと一演目で一幕が終わる。新菜は二幕のトップバッターを任されている。

「わたし、そろそろ袖に行ってきます」

新菜が立ち上がると、中級クラスのみんなが「頑張れ！」と拍手をして送り出してくれた。

「頑張ります！」とガッツポーズをして意気揚々と楽屋を出る。

楽屋裏には、カンテやギター、パルマ担当の人のほか、スタッフが忙しく駆け回っている。振り付けを確認したり、ナイーブになっている出演者もいて、あちこち大騒ぎだ。その場の空気に乗せられて、新菜も緊張するような、高揚するような、不思議な気持ちになる。

「あ、新菜ちゃん。よかった、見つかった」

廊下の向こうからやってくるのは玲子先生だ。黒い衣装を着た玲子先生は、いつもよりシックな感じでかっこいい。玲子先生は、二幕のラストで踊るほかは、運営を担当している。

「会わせたい人がいるの。まだ出番まで少し余裕があるし、来てくれる？」

手招きされて、新菜は玲子先生に駆け寄った。「会わせたい人ってだれですか？」と尋ねると、「まだ内緒」と振り向きざまに微笑まれる。

「あんまり緊張していないみたいね」

「なんだかわくわくする方が強い感じです。緊張もしてるけど、それ以上に楽しくって」

「肝が据わってるのはいいことよ。二幕のトップバッターだから、たっぷり盛り上げてちょうだいね」

楽屋裏の出入口にやってくる。玲子先生は振り向いて「驚かないでね」と言うと、ゆっくりドアを開けた。

開いたドアの先を見て、新菜は息をのんだ。

目のふちに、条件反射みたいに涙が押し寄せる。

「ニナちゃん、ひさしぶり」

そこにミリちゃんが立っていた。ベージュのコートを着て、まるいメガネをかけたミリちゃんが、照れたようににっこり笑っている。

「……ミリちゃん？」

「このまえは約束破ってごめんね。会いに来ちゃった」

ミリちゃんは肩をすくめて、メガネの奥の目を三日月にして、ニシシと笑う。

夢かな。新菜は目をこすりかけたけど、メイクをしていることを思い出して手を引っ込めた。

「本物？」

「本物に決まってるじゃん。相変わらずだなあニナちゃんは。発表会に出るって聞いて、お母さんからおばさんにこっそり連絡したんだ。前みたいにぎりぎりでだめになったら申し訳ないから、ニナちゃんには秘密にしてたの。おばさんが先生に声をかけて、特別にここまで入れてもらった」

振り返ると、玲子先生がすまし顔を作った。新菜が知らないところで、みんな連携していたらしい。

「どうしてもニナちゃんに会いたかったんだ」

ミリちゃんが新菜の手を握る。ミリちゃんの手は、覚えているよりもカサカサして荒れていた。たくさん手を洗って消毒したからだろう。つらかったんだ。苦しかったんだ。だけど、頑張ってくれたんだ。そう思うと、涙があふれてぽろぽろと頬の上を転がった。

ごめんね。そう、心の中に言葉が湧き起こる。

守れなくてごめんね。樹梨のこと、止められなくてごめんね。助けてあげられなくてごめんね。しんどいときになんにもできなくてごめんね。そう言おうとするとどんどん涙が込み上げて、なにも言えなくなった。

「ニナちゃん、ありがとう」

ミリちゃんは言った。照れ隠しみたいに笑っているけど、メガネ越しのミリちゃんの目にも涙がにじんでいた。

「今日までずっと、わたしの友達でいてくれてありがとう」

新菜はうなずいた。ありがとう、ありがとう、と何度も言った。来てくれてありがとう、頑張ってくれてありがとう。わたしのほうこそ、友達でいてくれてありがとう。そう思って手を握ると、言えなくても全部伝わるような気がした。

「そんなに泣いたらお化粧流れちゃうよ」

「……大丈夫、ウォータープルーフだから」

「ええー、そうかな。アイライン、もうにじんでるよ」

そう言ってミリちゃんがティッシュを差し出す。受け取って目元に当てると、涙が取り除かれてミリちゃんの顔がはっきり見えた。それが嬉しくて、また涙が浮かんでくる。

「わたし、明後日までこっちにいるんだ。暇だったら遊ぼう？」

「めちゃくちゃ暇。遊んで」

「ずっと会えなかったから、話したいこと山積みだよ」

「わたしも」

ずび、と洟《はな》をすすって新菜は笑った。

「——新菜、そろそろ時間だぞ」

背後から声が聞こえて振り返る。黒いシャツを着たジョージがこっちに来るところだ。

「そうだミリちゃん、紹介するね。この人が手紙に書いたジョージだよ」

ミリちゃんを見る。すると、ミリちゃんは頬をピンクに染めてぽやっと上の空みたいな顔をしていた。その視線の先にいるのはジョージだ。

「ミリちゃん？」

「ニナちゃん、このかっこいい人は……？」

しまった。新菜は思わず天を仰いだ。そういえばミリちゃんは面食いなんだった。玲子先生が「あーらま」と小さく笑う。

「ミリちゃん、ジョージはあんまりおすすめしないよ」

新菜が言っても、ミリちゃんの耳には届いていない。ジョージは楽屋裏を指で示す。

「もう休憩終わるぞ。早く準備しないと」

「う、うん……そうだね。ミリちゃん、わたし行くね。あとでまた話そう」

ミリちゃんは頬をピンクにしたまま何回かうなずいた。

「ニナちゃん、頑張って」

「超頑張る。あとでね」

そう言ってミリちゃんと別れると、ジョージが「友達？」と尋ねた。

「例のミリちゃんだって。今日のために来てくれたのよ」

玲子先生に言われてジョージはへえとうなずく。

「あの子がそうか」

「ジョージ、もうミリちゃんの前には出て行かないでね。絶対だからね」

「なんだよそれ」

ジョージが笑う。その声の明るさにつられて、思わず新菜も笑った。

「あのさ、ありがとう」

それを聞いて、ジョージは目を軽く見開いて新菜を見下ろした。

「あのとき、わたしに声かけてくれて、ありがとう。玲子先生も、教室に誘ってくれてありがとうございます」

「フラメンコ人口を増やしたかっただけだよ」

「あらジョージくん、照れ隠しはよくないわよ」

「言ってろ」

舞台袖にやってくる。新菜のアレグリアスのカンテは当然ジョージだ。ほかにギタリストが三人、パルマ担当は本当は三人だけだけど、新菜のときだけ四人目に玲子先生も加わる。よろしくと挨拶をして、新菜は伸びをした。新菜のために作られた衣装のフリルが、踊り出すのを待ちわびてそわそわしている。

「休憩終了一分前です」

スタッフに声を掛けられ、サパトスの足音が大きく鳴らないように気を付けながらステージに出る。

緞帳が下りたステージの内側は、ライトに照らされて暑かった。埃が焦げるようなにおいがする。

新菜はその場の空気を大きく吸い込んだ。緞帳の向こうから、二幕のはじまりを告げるアナウンスが聞こえる。

振り返ると、玲子先生がガッツポーズをして、ジョージが軽やかにウインクをした。それに、新菜もウインクを返してみる。ジョージに口の動きだけで「へたくそ」と言われてちょっとむかついたけど、気分がよかった。

はじまりのポーズをとる。ゆっくりと、幕が上がる。

ステージから客席に光が漏れ、客席からステージに期待が漏れてくる。それが混ざり合ったとき、静寂のなかにアレグリアスの前奏が響いた。

「¡Vamos allá!」

パルマと一緒に、玲子先生の掛け声が飛んでくる。明るいサリーダが、客席のすみずみまで飛んでいく。

ステージにあるすべてに鼓舞されるように、新菜は少し上を向いた。

客席のミリちゃんが見えた。隣にはミリちゃんママもいた。新菜のママとパパもいる。離れた席には絹子さんの姿もある。セレスティナの店長も見つけた。

ミリちゃんが小さく手を振ってくる。新菜は嬉しく思いながら、ちょっとだけ微笑んで応えた。

コンパスが回るごとに、いろいろなことを思い出す。パルマを打つごとに、これまでに抱いた気持ちと今が混ざってはじけていく。

つらかったこと、苦しかったこと、情けなかったこと。出口の見えない暗闇で、ひとりぼっちだったこと。すべてがアレグリアスのコンパスに乗って、新菜の世界を彩っていく。

一年前が、はてしなく遠かった。

遠くまで来た。助けられて、導かれて、一生懸命あがきながら。

大丈夫だよ。そう、去年の自分に言ってあげたい。夜は明ける。太陽は昇る。いつかまた夜が来ても、新菜はもう、そこから抜け出せる。

幕が上がり切る。ステージの光が、音楽が、客席に広がっていく。

さあ行くぞ。

新菜は自分に声をかけ、合図を送って歌を呼ぶ。

これからわたしは、きっとずっと、大丈夫。

進んでいける。どこまでも、どこまでも。

そう信じて、ジョージのカンテに飛び乗った。

本作は書き下ろしです。

実石沙枝子 Saeko Jitsuishi
1996年生まれ、静岡県出身。
「別冊文藝春秋」新人発掘プロジェクト1期生（和足冴・名義）。
第11回ポプラ社小説新人賞奨励賞受賞（実石サエコ名義）。
2022年、『きみが忘れた世界のおわり』
（「リメンバー・マイ・エモーション」から改題）で
第16回小説現代長編新人賞奨励賞を受賞しデビュー。
他の著書に『物語を継ぐ者は』がある。

17歳《さい》のサリーダ

2024年12月16日　第1刷発行

著　者　実石沙枝子《じついしさえこ》
発行者　篠木和久
発行所　株式会社講談社
〒112-8001 東京都文京区音羽2-12-21
電話　出版 03-5395-3505
販売 03-5395-5817
業務 03-5395-3615

本文データ制作　講談社デジタル製作
印刷所　株式会社KPSプロダクツ
製本所　株式会社国宝社

定価はカバーに表示してあります。
落丁本・乱丁本は、購入書店名を明記のうえ、小社業務宛にお送りください。
送料小社負担にてお取り替えいたします。なお、この本についてのお問い合わせは、
文芸第二出版部宛にお願いいたします。

N.D.C.913　222p　19cm
Printed in Japan　ISBN　978-4-06-537555-6